KB018025

그리우면 찾겠지

섬세하고 매력적인 에세이

그리우면 찾겠지

한은미 지음

도서출판 좋은날

목차

한껏, 애착

후끈하다. 그리고 보드랍다. 그 공기가 후끈하게 전하여 오는데, 덥지도 않고 싱싱하게 그렇게 온다. 나무들을 동강동강 잘랐는데 그 나무들의 줄 맞춘 모습이 다른 생성을 가져오는 듯 쌩쌩하다. 봄날의 모든 도시의 모습이다. 봄의 생동.

거리에는 정비하는 아저씨들과 기기들이 분주한 청소의 물기를 뿜어내고 있다. 빨간색 차에서 뿜어져 나오는 호수의 물에 거리가 따사롭게 목욕을 하고 있다.

한쪽에는 봉오리만 가득 채운 나무가 하늘을 향해 봄을 알리고 있고, 한편에는 잎들이 고아한 자태로 목련이 피는 계절임을 제일 먼저 알리고 있다. 같은 나무인데 어찌 자리를 달리했을 뿐인데 봉오리만으로 자신만만하게 '나 목련이오' 하고 알리는지 '아직 피우지 못한 꽃도 저리 예쁘구나' 하는 생각에 그 자리에 한참을 맴돌았다. 빙글 돌아서 옆을 바라보니 이미 피운 꽃들은 고상하게 화려하다.

봄의 전령사들이 한겨울을 털어내려고 제일 처음 꽃샘바람을 잠시 잠깐 데리고 왔을 때 코트를 언제쯤 집어넣어야 하나 궁리했었다.

명작 속 은밀한 치마를 넓게 퍼지게 하는 통풍구의 낯선 바람도 아니고, 이미 봄 준비를 하는 우리들에게 자연이 시샘한다고 '꽃샘추위'라고 이름 붙인, 훈풍 아닌 얄궂은 바람이다. 미팅을 나가는 분홍빛 개나리빛 대학생 그녀의 치마를 살짝만 올리려고 하는 바람을 그녀는 호들갑스럽지 않게, 아주 차분히 손바닥으로 붙여지지도 않는 치마를 내리치고 있다.

미팅 자리에 나온 그녀를 너무 얌전해서, 지나치게 여성스러워서 부담스럽다고 말한 남학생이 이 모습을 보기라도 했으면, "굉장히 침착하군" 하며 말이라도 바꾸게 할 심산으로 여성은 치마 따라 같이 내려온 허리의 줄을 올리고 있다.

봄은 그렇게 우리에게 알리고 있다.

"눈앞에 당신인 듯, 한껏 자연들이 마중 나와 정 준다."

봄이여, 아 내 봄이여 그대의 봄이여.

봄이란 말인가, 정녕 봄이란 말인가.

어서 오시이다. 어서 오소서.

아른아른 아지랑이라는 말이 너무 신기해 아지랑이를 어찌 설명할 길이 없어. '아, 지, 랑, 이' 하면서 낱말이 주는 그 어감에 이리저리 골똘하다가 겨울 내내 언 땅이 얼음 녹듯 봄볕에 녹아 땅이 따뜻해져 땅줄기를 타고 아른아른 올라오는 그 현상 말이야, 바로 그게 아지랑이야.

어린 시절 나는 인천이 내 고향인 것이 참으로 좋았다. 자유공원이 있는 그리고 연안부두가 있는 그리고 월미도가 있는 그 인천이 내 고향이라는 사실이 아주 만족스러웠다. 쑥도 잘 캐는 친구와 나는 인천 어느 자리에서 쑥을 캐며 그리 향긋하지는 않은데 내칠 수 없는 마력의 향에 이끌려 바구니에 코를 박고 쑥향을 맡고 있었다.

지금 인천은 오히려 송도가 더 유명해졌다. 송도 신도시는 엘리트들의 콧날처럼, 와이셔츠처럼 우뚝 영광을 휘날린다.

모두가 봄의 전령사가 되어 봄나물을 먹고 봄을 이야기하고 싶어 한다. 가을 쑥을 한 움큼 캐는 나에게 그 누군가가 봄쑥이 최고라고 가르쳐주던 그 향은 쑥에 묻어 있는 희뿌연 그 가루처럼 봄은 그렇게 꽃가루 날리며 오고 있다.

시작하는 계절이다. 훌훌 털어내고 무엇이든 시작하는 계절이다. 그러니까 지금은 봄날, 나긋한 봄 계절이 지나고 찬란한 여름이 지나고 쓸쓸한 가을이 지나고, 내 님도 부르고 싶어지는 겨울이 오는 계절의 순환 앞에 햇살 좋은 봄에 간직한 것을 보듬는다.

미처 다 이루지 못한 것을 꿈꿔볼 맘으로 봄에는 역시 봄기운 가득 몰고 오는 '부지런한 봄'을 꿈꿔본다.

봄날부터 계절이 바뀔 때마다 사랑하는 이를 위한 말을 준비하고 싶다. 마음 수련도 이 봄에 시작할 수 있고, 차곡히 쌓을 돈도 이 봄부터 벌어서 겨울 즈음이면 돼지 저금통에 가득 풍족한 용돈도 남길 수 있다. 그 돈으로 나는 소중한 이의 크리스마스 선물을 살 수 있으리라.

흩어지듯 방울지듯 몽글거리는 저 나무가 달고 있는 그 봄

나무의 꽃 이름이 아련해진다. 화려한 것만, 눈에 확 띄는 것만 좋아했던 그 젊은 날의 봄과 달리 이리 잔잔하고 차분하게 애착을 갖고 들여다봐야 좋아지는 봄 나무에 마음이 홀리는 것을 보면 나도 나이를 먹었구나.

이제 그런 소리 안 하리라.

"늙는 소리 들려."

걷기를 생활화하려고 겨우내 게으름 부렸던 내 팔과 내 다리를 쭈욱 펴고 트렌치코트 단추 풀고 봄 거리를 걷는다.

당신은 그때 그렇게 말씀하셨더이다.

"애교 있고 세련되고 착한 너는 봄을 닮았어."

애교 있는 봄은 봄꽃처럼 웃어내고, 세련된 봄은 시작하는 활달한 마인드를 가슴에 안고, 착한 봄은 봄나물의 입맛에 그저 모든 것이 좋아진다.

좋은 날에 좋은 사람을 좋다고 말하는 것이 뭐 그리 이상한가. 좋은 사람에게 한껏 애정 보이는 이 봄에, 나는 혼자가 아닌 당신과 함께 봄길을 걷고 있다.

비록 어린 시절에 내가 꿈꾸었던 그것이 사그라들었더라도.

나는 내가 좋다. 나는 내가 나라서 좋아진다.

그토록 생각이 날 줄은 몰랐더이다

그 겨울의 한기와는 다르게 춥지만 오들거리지는 않는 2월이다. 삼짇날이 다가오면 봄이라는데 아직 봄을 맞아들이기에는 쌀쌀한 기운이 든다.

그런데도 이 차갑게 느껴지는 공기는 가을이나 겨울이 보낸 그 냉랭한 숨 호흡과는 다르게 참을 만하다. 모두가 봄을 기다리고 있는가.

거리는 2월을 맞고 있다. 30일이나 31일을 기억하는 우리에게 2월 마지막 즈음에서야 28일까지 적은 날짜가 있음을 직감한다. 하루 이틀 날짜가 덜 있는 것뿐인데 말일이 주는 바쁜 손길이 급하다.

그 2월에 하늘하늘 눈송이가 떨어지고 있다. 2월의 마지막 날에 떨어지는 눈송이를 쳐다보면서 왜 그렇게 마음이 묘하게 요동치는지 모르겠다.

내 것이 안 된 것을 붙들어 매며 두 눈 들어 눈물 맺히지도 않고 그저 "가만있어"하면서 마음을 붙잡았던 그 순간이 기억나는지 모르겠다. "거기까지"하면서 쓸쓸하게 남아 있는 것을 하나하나 체크하며 무엇이 지금 나를 흔들고 있나 체크하는 어젯밤이었다.

한 달이 가는 날을 맞이하기 전에 삶에서 문제는 무엇인가 나는 한나절을 꼼짝없이 궁리했다. 별것 아닐 수도 있다. 그래서 털어버리는 연습을 하자며 설친 잠을, 가기 싫은 보내기 싫은 사람처럼 부둥켜안고 일어나 움직인 아침이었다.

거리는 온통 한산했다. 지나가는 사람들의 입김도 그저 한가롭게 느껴지고, 거리에 나무들도 그대로 나뭇가지 없이 얇은 가지를 혹은 굵은 가지를 위로 뻗으며 바쁘지 않은 거리를 향해 자연의 순리대로 조금은 쌀쌀한 조금은 냉랭한 조금은 섭섭한 2월을 유유히 보내고 있는 한가로운 날의 아침이었다.

'날씨가 좋은 날에는 당신이 생각났을 텐데.

날씨가 좋은 날에 나를 생각한다는 내 연인처럼,

나도 당신을 생각했을 텐데.'

'그런 생각을 했을까'하는 여유보다 차창 밖을 무심한 심정으로 바라볼 수 있는 무덤덤한 그리고 복잡한 생각을 간단히 빼는 살그머니 이른 아침이었다.

예보에서 눈이 내릴 것이라는 그 소리를 듣고도 지나쳤는데, 눈이 깨끗한 이 도시에 내리는 것을 보면서 삶은 예고 없이 축복을 내리는지도 모르겠다는 기분 좋은 생각에 휩싸였다.

아직 날씨는 싸하다. 싸해서 겨우내 입었던 코트를 벗어내지 못하고 걷어내지 못하는 미련처럼 아직도 털 코트를 몸에 걸치고 내 마음 같지 않은 내 마음처럼 애틋한 기분을 감싸안은 2월이었다.

차에서 내려 문득 내리는 눈을 맞는데 피곤함이 가시기 시작했다. 어젯밤에 내가 고민했던 많은 것들을 저 눈이 날려줄 것만 같은, 신기한 마법이 다가오고 있는 것처럼 느껴지기 시작했다.

호주머니에 손을 잘 넣지 않는 나인데도 호주머니에 손을 넣고 한참을 거리를 쳐다보았다. 저만큼 멀리 내다보니 눈은 쌓이듯 내리고 있었다.

'2월에 눈이라니'하는 생각보다 앞서 계절을 잊은 듯이 다가오는 것들에 대한 기대로 점점 삶의 자세가 변하는 나를 실감하기 시작했다.

조금 가까운 거리를 쳐다보니 나무들이 그 눈을 맞고 있었다. 자연은 자연끼리 온갖 변화에 그것이 뭐 그리 뜻밖이냐는 듯이 심심하게 그 눈을 맞고 있었다. 나무에 내린 눈은 금방 녹아 없어지는 듯했다. 한겨울에 내린 눈은 나무에 머물러 한참을 하얀 꽃을 피우더니만, 다가오는 봄날 이전에 내리는 눈은 나무를 슬그머니 적시다가 땅으로 내려온다.

길을 건너려고 내 몸을 살피려니 내 코트에 내린 눈이 물기 어리게 젖은 옷깃을 만들며 나도 모르게 물기를 털어내고 있었다. 견딜 수 없는, 아주 싫지는 않은 눈이었는데 나는 어찌하여 물기를 털어내고 있었을까. 심난하면서도 기이한, 얼마나 황홀하기까지 한 봄마중 전에 내리는 늦은 2월의 눈인데, 무슨 연유로 이 보드라운 솜눈을 털어낸단 말인가.

시작하고 싶었다. 이제 나는 새로운 것이 있다고 믿고 싶었다. 아니 보이던 '저 길에 내 길이 있다'고 다짐하고 있던 것이다.

그 거리는 언제나 그렇게 엇갈리는 사람들처럼 한산했다. 바쁘게 움직이는 사람도 없었다. 그래서 누구라도 지나가면 그 사람이 마치 익숙하게 아는 사람처럼 반갑다. 오늘 이 날씨가 그렇다.

'툭투두둑, 툭툭투두둑'

내 마음에 그렇게 요동 있을 때도 눈은 그렇게 조용히 왔다.

눈은 말이 없다. 나는 눈이 말하며 내리는 것을 본 적이 없다. 기약 없이 온다. 너무 조용해서 닫은 창문을 열기 전까지 내리는 것을 몰랐던 기억이 있다. 이미 거리를 하얗게 만들어 버린 그 눈길 앞에서 눈 내린 것을 바라보지 않은 것을 안타까워했던 날들이 있었다.

차창 밖에서부터 그리고 차를 타고 내린 이 자리에서까지 나는 눈을 계속 지켜보고 있었다. 흩뿌리지 않는 촉촉한 2월의 솜눈을.

무심히 눈의 초점에 힘을 주지 않고 가능하면 물 흐르듯이 물 가는대로 인생을 그런 눈으로 보아야겠다고 지친 나에게 새로운 플랜을 가르쳐 주는 시도를 하고 있었던 이 2월에, 내린 눈이 가르쳐 주고 있구나.

언젠간 새로운 것들이 그렇게 오는 날도 있다고. 그 아름다운 것들이 자연스럽게 마치 2월에 내린 눈꽃 마냥 조용히 왔다가 잦아들면 우리들 마음도 그렇게 잔잔해지겠지.

지나가던 차들이 빠른 속도로 유턴을 하고 나도 내 방향을 향해 가려고, 촉촉해진 내 머리카락을 쓸어 올린다.

문득 당신이 생각났다.
날씨 좋은 날에는 당신이 생각났었지.
2월의 눈이 내 마음 적시는 여울진 날씨에
나는 또 당신을 생각한다.

날씨 좋은 날에는 당신을 생각한다.
그리고 지금도 나는 당신이라는 사람을 생각한다.
많은 날에 혼자가 아니었던 이유는,
그 한 사람이 내 사람 같았기 때문이다.

momo
SUSHI & GRILL

momo
SUSHI & GRILL
momo
SUSHI & GRILL

아주 스미듯 궁금

휘핑크림 가득 찍은 고소하고 바삭한 맛의 소고기 튀김이 입속에 들어가자마자 맛있어서 어쩔 줄 모르며 먹는다. 쫄깃한 칠리치즈 끊어질 줄 모르고 슈팅되어 반원 그리며 돌돌 말아 밀가루 범벅에 흡입되듯 얄궂게 먹고 "더 먹어도 상관없는 거야 오늘은" 하면서 접시의 소스 묻혀 날렵하게 먹고 최고조로 가뿐하게 웃는다.

신이시여, 누구를 위한 음식이었단 말인가. 신이시여, 누구와 함께 먹어야 행복한 만찬이란 말인가. 그 자리에 당신이 있어 나의 식탁은 더욱 풍요롭고 그 자리에 당신이 추천해준 아이스 망고스틴을 살얼음 밀쳐가며 먹을 수 있어 눈 찡긋 시큼한 사랑이 온다.

데이트 첫날 식사를 하지 말라는 말도 안 되는 속설을 믿기라도 하듯이 극구 식사를 피했던 맹물보다는 진한 차 한 잔의 값을 지불하는 상대를 보며, 집으로 와서는 "비빔밥이든 볶음밥이든 큰 그릇에 먹을래" 하며 숟가락을 들었다. 허기보다 쪼르륵 배가 먼저 알릴까 봐 더 힘들었던 첫 데이트 이후 우리의 저녁 약속은 식사도 잘했다.

밥을 먹어야 더 친해질 수 있다는 밥 데이트부터 시작해서 내 눈물 그대는 닦아줄 수 있는 사람인가 하는 말도 안 되는 연민까지 보이고 싶어 했다.

내 눈물은 자신이 닦아야지 뭣 하러 그대에게 눈물방울 보이냐고 다짐도 하면서 이리 재고 저리 재지도 못한 채 쑥스러운 연애가 시작된다.

우리의 몇 번째 식사 자리에서 나도 당신도 맘껏 푸짐하게 느끼하면 그런 대로 소스가 주는 음식의 별미를 즐기기라도 하듯이 다양한 향신료 풍기는 음식 대신에 갈릭쉬림프와 타르타르소스를 얹은 음식을 주문했다.

향신료 나는 음식은 '거절'하면서 지배인의 이국적인 음식

추천에 "아니요, 이게 좋겠어요"하며 꼬리지느러미 잡아당기듯 그대와 나는 음식 데이트를 하는 중이다.

메뉴판의 입맛 당기는 음식들이 "너희들의 오늘 데이트를 방해하고 싶어"하며 옆 테이블의 똠양꿍, 팍치와 색다른 요리에서 큐민 향신료가 모락모락 풍긴다.

당신이 좋아한다고 해서 나도 좋아하라는 원칙 없는 '거절'과'추천'의 기로에서 우리는 사랑하는 이의 마음 한 자락 고즈넉함을 여미듯 본다.

사랑은 보이지 않아 지나치게 아프다. 사랑은 말없이 하는 것이라지만, 말도 없이 사랑하라고 재차 채근하지만, 사랑의 열병에 빠지면 그것을 확인할 때까지는 무리하게 파고들고, 참았던 고백의 시간으로 치닫는다.

이제는 우리가 사랑해도 좋을 시간.

당신은 이렇게 사랑하는 사람이라고 다정한 밀어를 건네며 매일 공들여 내게 온다. 저이의 사랑이 탑돌이 하듯 저렇게 지극정성인데 여태껏 사랑 하나 건지지 못하고 어느 틈에 내 사람이 되려고 무던히도 애쓰는가 싶어 애처롭게 지그시 살핀다.

그렇지. 사랑이 그렇게 쉬운 것이었으면 혼자인 사람은 왜 혼자인 삶이 어쩌면 더 좋을지도 모른다고 생각하며, 더 이상 그대를 찾지 않고 1인용 불고기 구이집 화로에서 고기를 굽고 있겠는가. 고기화로 집에 갖다 놓으면 어떨까 하면서 기름 졸졸 불판 밑바닥으로 내려오는데 자꾸만 누군가 쳐다본다.

당신은 당신 고기를 굽고 나는 내 고기를 굽는 것이 세상 편하다는 신호를 보내면서 추파 던지지 말라고 주인장에게 파티션을 부탁할 지경이다.

맞다. 아직도 혼자인 당신은 이기적인 혹은 개인적인 사람이리라. 이렇게 많은 남과 여가 있는 세상에 자신 하나 맞추어 살아갈 또 다른 이성이 없지는 않을진대, 향신료 풍기는 음식 거절하듯이 거부해서 혼자다.

심심하지 않은 당신이여. 오늘 데이트는 어떠신가.

나무 화분에 조그만 전등불 여러 개 줄이어 밝히고
글라디올러스 심은 주황색은
"기다리는 사람은 지치지도 않는가 봐"하면서
연인을 기다리는 사람의 시곗줄을 밝히고 있다.

끝내 오지 않을 사람도,

일방적인 기다림으로 시간은 간다.

그런데도 시계의 초침이 오늘은 천천히 가듯

사랑은 기다림의 연속이다.

글라디올러스의 주황빛이 한여름의 태양빛이 나만 내리쬐는 것 같다는 표정을 하고 꽃잎 살아 움직이며 기다릴 땐 창밖의 파라솔로 나와 앉으라고 심정이 까맣게 타들어갈까 걱정하고 있다. 사랑은 타들어 갈 만큼만 익었다가 지탱한다.

무수히 드나드는 연인들을 지켜보았을 꽃도 눈짓을 하는 저녁 이 장소에 '당신이 보고 싶은 오후'에는 다른 약속이 미리 잡혀 있었어도 그대 때문에 모두를 비워두었다고 감추었던 말을 하리라.

내게 지금 당신 말고 더 중요한 사람이 누가 있겠냐며 보고 싶었다는 말을 나는 못하더라도, 당신은 '지금 보고 싶은 그대'라고 내가 듣고 싶은 말을 들려주라. 내가 어려운 말이라면 당신이라고 어렵지 않은 사랑의 밀어이겠는가. 그런데 나는 못하겠고 당신이 그렇게 우선 말해주라.

해 저문 늦은 오후가 되면 아주 스미듯 당신이 궁금해서 말없이도 우리가 만나는 장소에 당신이 있어 주면 좋겠다고. 나는 그날부터 매일을 하루도 빠지지 않고 그 장소를 우리의 아지트로 생각하고 지키고 있을 거라고.

'아주 스미듯 궁금한 나의 연인이여.'

한여름에 민소매 원피스를 입고서 당신께서 오시나 기다리며 당신이 생각보다 더 빨리 오시기 전에 먼저 와 앉아 데님 원피스에 구김이 갔을까 봐 치마 쭉쭉 펴면서 앉기를 반복할 것이며, 한여름에 벨트로 멋을 부린 마로 된 바지의 밑단을 접었다가 다시 펴면서 발목이 보이면 바짓단 조금 내린다.

사랑하는 사람을 찾는 것도 결코 쉽지 않겠지만 사랑을 이어가는 것은 더 어려운 남녀의 볼 수 없는 마음들 앞에서 마음 재기만 눈금을 올리고 있다.

마음을 볼 수 있다면, 마음이 보인다면 사랑은 그렇게 쉽던가. 마음이 보이기라도 한다면. 그 사람의 마음을 볼 수 있어서 나보다 나를 더 좋아하는 가슴 떨리는 심정을 눈치 채고 "긴 시간 기다리길, 고르길 정말 잘했다" 하는 사랑만 넘치겠는가.

그 사람이 어쩌면 나와 헤어질 생각도 할지 모른다는 사실을 이미 알아버리고, 마음을 모르기나 해야 밀어붙이지 하는 상심한 집착으로 속수무책이 되기도 한다.

아주 스미듯 궁금한 연인이여.

유리잔에 물을 따라줄 때도 나를 배려했던 당신의 유리알 유희처럼 알 수 없는 사랑의 깊이를 나는 미리 알려고도 하지 않겠다. 하지만 나만큼 당신도 기꺼이 우리에게 '연인처럼, 마치 연인처럼' 기회 앞에서, 너무 긴 시간이어서 기다리지도 않았다고 하고픈 말들을 잠재운다. 이제부터 서로가 맞춰야 하는 질기디 질긴 사랑의 근성을 스치며 '끝내 나는 사랑을 주지는 않겠구나'하는 간밤의 사사로운 미련들을 가르듯 이제서야 고르고 골라 만난 그대를 말없이 사랑하리라.

어쌔고 비쌔던, 사랑의 비밀 나도 모르게 숨어든다. 물론 말없이 사랑하는 나를 알아보는 내게는 당신 같은 이, 필요했다 어쩌면.

생각이 뭉치고

빨간 카펫이 아닌 황누렁색 울트라 카펫을 걸어보는 기분이 어떠냐고 물으시면 빨간 카펫보다 더 찬란할 수 있다고 대답하리라.

그 봄날, 거리를 정비하려고 모든 하수도를 뚫어 지하에 쌓여 있는 지저분하게 쌓인 쓰레기 더미들을 휘몰아치게 치우고 있는 구청의 대단한 물갈이 청소. 어느새 퀴퀴한 냄새는 사라지고, 오는 봄을 향하여 목욕을 하고 나오기 전에 그 냄새처럼 거리를 떠돈다. 다시 말끔하게 쾌청하다.

겨우내 묵혀 있던 땅속을 청소하는 나랏일을 하는 사람들의 일정을 생각하며, 새삼 새로운 삶의 계획 이정표를 깨닫는다.

맞아, 계획을 하고 닦고 정화해야 또 남은 날들을 지치지 않고 쌩쌩하게 살아갈 수 있으리라.

낮에 도수시설 정비하느라 비지땀을 흘리던 아저씨들이 작업을 마치고, 저녁에 지나가는 사람들의 발이라도 푹 꺼질까봐 카펫을 깔아놓으셨다. 이 봄날 가는 길에 깔아놓은 울트라 황금빛 안전 카펫!

카펫을 바라보고 있지도 않은 봄날의 나무들은 녹색 잎을 기다리며 아직은 숭숭 하늘을 향해 진갈색 가지들을 뻗어내고 있었다. 아직은 언제 꽃잎을 달지 알 수 없을 정도로 짙은 갈색이 성성하고 나뭇가지들도 여전히 메말라 있는 듯하여 봄을 맞는 하늘 향한 나무들인가 한다.

땅 아래로 내려오면 다르게 따끈한 기운들이 올라와서는 새싹들도 돋을 기미가 보이고, 푸릇푸릇한 기운이 얼핏 봄날의 바람을 날려주고 있다. 느껴보지 않고는 맞아보지 않고는 아직 봄볕보다 이른 이 봄 공기가 얼마나 좋은지 상상하기 힘들다. 마냥 좋다. 후끈하지도 않다. 미온이다.

당신도 시작할 준비를 하고 있고, 나 역시도 시작할 무언가를 궁리하고 있다. 도전자의 눈길을 끄는 플래카드는 눈 크게 뜰 만큼 유별나게 펄럭이지도 않고 잘도 전봇대에 매달려 봄 마중을 한다.

걷는 것이 이리도 좋은 것인가 할 정도로 내 발길 머무는 곳마다 색다른 마음을 몰고 온다. 예상치 못한 근사한 연인이라도 만날까 하는 기대로 마음도 느긋해진다. 닫혀 있던 마음을 이리 쉽게 열 수 있는 것을 왜 그리 몸 달아 굳건하게 열지 않았을까 생각해본다.

그렇게 단단히 잠그고 있는 시간들 사이로 무슨 대단한 신비로운 일들이 나를 스쳐 지나가지는 않았을까 하며 섣부른 횡재를 꿈꿔보는 재치가 생긴다. 다시 마음 다스리며 나를 찾아간다.

"참을성이 없는 나인가?"하면서 혼자 견뎠다. "어쩔 수가 없었다"하면서 "으앙" 입 틀어막고 미워했다. 미쳐버릴지도 몰라 하면서 팔팔 돌면서 내치면서 마음을 덜어냈다.

힘든 시간들에 왜 이리 버틸 힘이 내게는 아무것도 없는가 하면서 그때 손잡아 주는 누구라도 있으면 그대로 이끌려 그를 향해 한바탕 진탕하며 "그러니까 미쳐 살아"하는 소리를,

탁자를 치면서 나의 과감함을 보여주기라도 하듯이 안 하던 짓을 하는 용기가 필요했다.

하지만 그런 것을 결국 하지 못하는 나라는 것을 알고 있었다. "나는 어찌 웃지"하면서 웃는 나를 향해 "씩씩하게 잘 웃네. 잘 웃잖아"하면서 웃는 내가 더 어울린다고 채근하듯 쏘아붙이며 웃기를 강요해 봤다.

나는 생각을 뭉치고 있었다. 눈물이 맺혀지는 것이 느껴졌다. 참아내니까 여린 눈가가 촉촉해졌다. 누가 나에게 참을성이 없다고 말하면 "그래 참을성 되게 없어서, 나 생각 뭉치고 있잖아"하고 눈독 쏘리라.

허튼 욕심이 많아서 안 될 욕심을 부려서 어쩌면 더 많이 힘들었을 거라고, 허무맹랑한 허영이었기에 잡히지 않고 허황된 희망처럼 휘청 날리고 있었는가 하는 생각을 당신인들, 나인들, 왜 안 했겠는가.

그런데, 그러한데 어쩌란 말이냐. 그럼에도 불구하고 나는 분명, 우리는 분명, 나의 것이 되리라고 믿었던 무엇을 움켜쥐고 있었을지 모른다.

그것은 오랜 시간 내가 나에게 외워주던 보상 같은 외로운 투쟁과 닮은 것이었으리라. 하나하나 들춰낸다. 어디서부터 시작할까.

다시 무엇을 들춰내는 것은 정말 싫증 나는 일이다. 하나를 정리하기 위하여 물꼬를 트면, 다른 것까지 다 쓸려 나오니 귀찮아서 공연히 헤집어놨나 할 정도로 일이 많아진다. 허나 이 봄이 아니면, 모처럼 마음이 부지런할 때 하지 않으면 언제 하겠나 싶어 마음 다잡고 오랫동안 끄집어내지 않았던 것을 세심히 털어낸다.

마음에 있는 그 무엇을 굳이 꺼내서 밝히고, 체험하고, 비틀고, 확인하는 과정이 '정말 필요했을까' 하는 생각을 한다. 그냥 놔둬도 되었다. 그냥 잊은 채 잊었다고 다 잊은 일이라고. 아니 거기서 스스로 잊어버리도록 잠재워 다시는 꺼내들지 않아도 되는지도 모를 일이다.

감정교류 말이다. 당신과 나의 미묘했던 마음의 관계. 먼저 확인하는 연락을 하기 싫었다. 정말이지 싫었단 말이다. 지기 싫었다. 별안간 지는 것이 싫었다. 어쩌면 시간 속에서 이미 지고 있었는지 모르는데 더 이상 지는 것은 하지 말아야 한다고 생각했다.

내 폼나게, 폼 진득하게 나도록…… 나를 보여주고 싶기 시작했다. '지기 싫었다.' 이제부터 나는 지는 것은 안 하고 싶다고 마음이 전했다.

꿈꾸었는데 안 되면 지는 것이 아니란 말인가. 어찌 꿈꾸었는데 다 된단 말인가. 어찌 마음에 품었다고 다 소유된단 말인가.

온화한 훈풍보다 더 싱그러운 내음 띄며, 향긋한 달콤함보다 더 짜릿하게 거리를 메우는 봄이 오고 있다. 밤길을 걸어보니 봄비라도 내릴 것처럼 초롱한 별빛 하나 없는데도 허전하지 않았다. 내 피부를 스치는 자잘한 것들이 거슬리지 않고 그저 좋았다.

생각을 뭉치고, 그래서 참아내려고 참는 연습은 이렇게 하는 것이라는 속내의 표현처럼 닦고 닦아내고 지우고 지워내고 그리고 "서러움 없다" 하면서 선하게 마음 다스린다.

이미 정해진 인생에 제 그릇 모양으로 어려움이 도사릴 때조차 비켜나가며 웅장한 삶을 펼치기도 하는 것이 무릇 인생이리라.

정말 인생에 그런 것이 있기라도 한다면, 정말 인생에 정해진 것이 있기라도 한다면, 받아든 우리네 속마음 겨누는 아릿하나 오롯한 희망을, 아니 될 것이라고 점쳤던 아니 될지도 모른다고 고개를 저었던 우리들의 허무를, 넘쳐나는 자신감으로 바꿔주길 바란다.

누가, 당신께서.
정말, 이제는 지기 싫다는 마음으로
돌아선 생각을 뭉치고 있던 당신이여.

여의도 거리에는
벚꽃들이 다가오는 '기대'보다 더한 이제는
'절대로 낮아지지 않으리라'하는
벚꽃송이를 날리고 있다.

님께서 항상 그랬듯이

내가 좋아한다고 해서 반드시 사랑하는 연인이 좋아하라는 법은 없다. 나와 그가 다를 수는 있다. 그는 나와 어떻게 다를까. 나와 다르다고 내 사람이 아니지는 않다. 내가 매우 사랑하는 것을 내 사랑하는 사람에게 같이 동요해달라고 강요하기에는 사랑은 그렇게 맹목적이지 않다. 당신은 당신 좋아하는 것을 좋아하면 되고, 나는 내가 좋아하는 것을 좋아하면 된다.

당신과 내가 존경하는 선은 무엇일까? 당신과 내가 서로를 인정하는 선은 어떤 것일까? 사랑은 연인의 마음에 보채듯이 파고드는 사무침이다.

〈그린 파파야 향기〉

내가 매우 좋아하는 영화이다. 〈그린 파파야 향기〉 영화를 나는 보고, 다시 또 보았다. 보통 영화를 볼 때 주인공이나 내용의 흐름, 분위기 등을 따져 선호하는데, 〈그린 파파야 향기〉는 포스터부터 마음에 들었다. 영화를 보고 나서는 더 마음에 다가왔다.

내가 그 영화를 처음 접했을 때 나는 초록색 향연으로 초대 받는 느낌이었다. 초대 받은 당신, 하지만 그 초대가 무척 화려하다거나 대단한 접대를 받는다는 의미가 아니고 전체적인 분위기가 내가 좋아하는 화면이었다.

나긋, 나를 이끌 듯이 어디론가 가는데 그곳은 끝도 없는 그린톤의 숲보다 아늑한 곳이었다. 마음이 스산해지는데 가도 가도, 가면 갈수록 더 다른 곳으로 안내되는 느낌으로 왔다.

처음 장면부터, 고정된 낭의 흰 천이 부드럽게 날리고 인상적인 베트남처럼 보이는 주변의 환경들을 둘러보듯 돌아간다.

여주인공이 등장하는 장면에서 이 영화는 더 이상 부잣집 이야기나 화려한 마님의 이야기가 아니라는 것을 직감한다. 허름하게 차려입고 머리는 한쪽으로 묶은 또렷한 눈동자의 겁먹지 않은 주인공이 나타난다.

그는 나에게 그렇게 말할지도 모른다.

"심심하네, 말이 너무 없네."

나는 "심심하고 말이 조금 없고 밋밋한 이야기를 좋아하네"하고 그를 쳐다보며 대꾸하지 않고 화면에서 눈을 떼지 않는다. 무이의 표정이나 발로 걷는 모습, 그리고 시중을 드는 모습 등이 사뭇 초라해 보일지 몰라도 내게는 사랑스럽기만 하여 따뜻한 눈으로 주인공을 좇아간다.

"너처럼 머리를 한쪽으로 묶었네. 촌스럽지는 않은데?"

나는 홱 주인공 무이는 머리를 묶어도 예쁘고, 나는 머리를 싸악 묶으면 촌스럽다고 대꾸하지 않고 무이 따라 다소곳한 흉내를 낼까 생각한다.

같이 영화를 보던 그가 만약 따분한 표정으로 내 옆자리를 차고 나가 나를 심란하게 하면 나는 그를 어떻게 받아들여야 할까. 그는 〈그린 파파야 향기〉에 빠져 있는 내 뒤편에 놓인 소파로 가서 앉아 내 등을 바라보고 있다. 그가 원하는 영화가 아니어서 그의 말대로 따분해서 다리를 꼬았다가 다시 내려놓고 내 등의 머리카락만 쳐다보고 있다가 급기야 속으로, 내심 언제 끝나나 종영 시간을 재고 있을지도 모른다.

그가 나의 영화감상에 방해될까 봐 커피를 타러 나가면서 숨소리도 안 나게 움직인다. 나는 그가 그러든지 말든지 상관하지 않고 내버려 둔다. '당신이 더 좋아하는 것이 있으면 그것을 하며 보내세요. 같은 공간에서 우리가 살아도 똑같은 것을 할 수는 없잖아요' 하는 눈빛으로.

영화는 드디어 무이가 주인집 아들의 마음에 뽑히는 장면으로 접어든다. 주인집 아들도 나처럼 무이 같은 표정과 눈동자를 가진 여자를 좋아하는지 말없이 무이를 향해 간신히 희미한 마음 던진다.

옷도 수수하고 평바지처럼 벙벙한 그리고 옷의 천도 누추한 무이의 맵시지만 역시 주인공이 되기에 손색이 없다. 프랑스 영화이다. 선진 국가의 화려한 식탁이나 근사한 샹들리에가 등장하지도 않고 등장인물들도 수수한 옷차림에 대사가 적다.

베트남 모자 논(Non) 닮은 팬에 음식을 볶는 장면도, 루이가 무릎을 꿇고 앉아 살금 기어가는 자연을 쏙 빼듯이 바라보는 고개 숙인 장면도 인상적이다. 반듯한 이마, 산뜻한 눈동자, 살짝 올라간 애틋하게 궁금한 주인공 무이의 입꼬리, 그린을 배경으로 한 여자 아이의 움직임마다 호기심이 생기고 이내 영화에 매료된다.

선진국의 돈 많이 들인 영화는 아니지만, 나에게는 그것이 수작처럼 보인다. 만약 내가 영화를 만든다면 이런 식으로 화면을 장식할 것이다.

무이가 성장했다. 어린 무이보다 성장한 주인공은 무이보다 조금 날카로워 보인다. 감독은 캐스팅의 조화로 어린 무이보다 약간 차가운 성숙한 무이를 선택했지만, 나는 조금 날카로운 무이의 모습을 커 가면서 달라지는 여자의 변화로 혼자서 이해한다. 무이의 눈동자가 맑은 세상에서 또 다른 세상을 그리는…….

무이가 펜으로 글을 쓰고 있고, 남자는 옆에서 책을 읽고 있다. 책을 읽고 있던 남자 주인공이 펜으로 글씨를 쓰고 있는 여 주인공의 볼에 손등을 갖다 댄다. 펜으로 글씨를 쓰고 있던 마음 내내, 책을 읽고 있던 마음 내내 남과 여는 서로를 원했을 것이다.

남과 여의 적극적인 사랑이 아니어도 '사랑이 보인다'는 것을 알 수 있게 하는 명장면 앞에서 나는 스톱 하면서 다시 그 화면을 자세히 본다.

언제나 나무 잎사귀에서도 목조 가구에서도 철창문에서도 초록은 배경으로 들어와 촉촉하게 형형하다. 무이가 쟁반으로 음식을 나르는 야무지고 또바기 행동에 이어, 어른 무이가 로얄코펜하겐 비슷한 그릇에 담은 음식 장면들까지 내겐 마냥 좋다.

"괜찮아." 그녀에게 그렇게 답하던 쿠엔이 무이를 찾아 마음 움직이며 두드리는 장면도 문을 바라보며 애절했다. 어린 무이는 그렇게 눈을 아래로 내리 깔아도 눈을 위로 떠도 사랑스러웠다.

다시, 영화 속의 남자 주인공이 아니고 내 사람, 그가 커피를 타 갖고 와서 뒤편의 소파에 앉는다. 커피를 마시는 그의 입과 커피잔의 넘김 소리도 없이 그는 영화가 무르익었나 하며 화면을 바라본다.

어린 무이에서 여자 무이를 보면서, 그리고 그녀와 주인집 아들의 사랑을 보면서 그가 별안간 관심이 가는 모양이다.

〈그린 파파야 향기〉는 남과 여의 사랑에서조차 파파야 향기 스며든다. "재밌냐?" 하고 묻고 싶었던 그가 "끝까지 은근하군" 하고 엔딩을 보면서 숨을 크게 쉬면서 말한다.

연애를 할 때 몰랐던, 혹은 연애를 한참을 하고도 미처 발견하지 못했던 것들은 함께 살면서 달라진 그가 아니라 다른 구석을 가진 그를 시간을 두고 발견하게 될지도 모른다.

데이트 시절에는 영화를 선택하면, 의외로 재미없어도 잠을 자더라도 일단 마칠 때까지 참는다. 하지만 함께 살게 되면 그녀가 나와는 다른 영화를 보고 있으면, 다른 공간으로 가서 자기 위주로 시간을 보내도 무난하다.

서로 다른 것을 맞추는 것도 사랑이겠으나, 서로 다른 것을 거부하지 않고 인정해 주는 것도 사랑의 한 본보기이다.

엔딩조차도 눈을 떼지 않고 자막을 보면서 "내 커피는 없어?"하고 물으면 그가 말한다.

"영화 감상하는데 커피향 촉각 세운다 할까 봐, 숨도 못 쉬었어." 하며 내 묶은 머리 꽁지 잡아당긴다.

낮에 양식을 먹는데 종업원이 빨간 기다란 후춧가루통을 들고 와서 깜짝 놀랐다면서, 겨우 하고 싶었던 얘기를 하며 뒤의 소파에서 옮겨 앉아 내 옆으로 와서 앉는다.

유난했을 당신의 연인에게 감정의 절제와 한계를 넘나들며, 내 님은 그런 모습이었으면 한다. 님께서는.

나는 그렇게 은근한 모습으로 오는 님을 사모한다.
파파야 향기 감도는 '당신이 보고 싶은 오후'에는
님께서 그랬듯이 내 님이 항상 그랬듯이,
기다려 주는 연습도 해본다.

담백하고 은은하게 파파야 향기가,
기다리는 모습과 비슷하다.

WEEK
END
Eiffel

두고두고 갈망했던

바람개비 풍향계를 따라 잘도 돌고 돕니다. 풍향계의 순풍의 돛 달고 가는 길대로 방향 맞게 정해진 방향으로 잘도 돌아갑니다. 거슬리는 것도 없이 막힘도 없이 그리고 누구 하나 방해하는 사람도 없이 매일 돌아가도 지치지 않는 삶의 여정입니다.

내 길 내가 가는데 누가 참견을 하겠습니까. 시끄럽게 돌지도 않고 조용히 마음 가는 대로 돌아가는 여정에 두고두고 마음 두들기는 타인 있으니 어찌할 바를 모르겠습니다.

별안간 바람개비의 '사모하는 마음'이 시작되었습니다. 지나가는 스치는 바람에도 꿈쩍도 하지 않고 내 길을 가던 그

풍향계의 심정에 단숨에 촉각을 세우는 마음이 걸려들었습니다. 꿈쩍도 안 하던 심장에 꽂은 그 사람은 지체 높으신 그 양반이었으니 아마도 마음고생 좀 할 것 같습니다.

19세기 양반과 상놈은 본시 서로의 마음을 알고 있다 할지라도 쳐다보기도 어려운 신분의 굴레가 있어 되지도 않는 언감생심을 먹었다가는 채찍보다 더한 곤장으로 살아남을 길이 없습니다. 그깟 나뭇대 두꺼운 곤장질이야 맞으면 되지만, 남은 사랑도 같이 쓸려나가 궐 밖으로 내동댕이치게 되니 잊어야 할 사랑입니다.

사람 마음처럼 간사한 것이 없고 사람 마음처럼 절로 바꿀 수 없는 것이 인간사라고 했거늘 누군가 마음 거두고 남몰래 훔쳐보는 일은 거두라 조언이라도 하는 "정신 차려라, 꼴좋기 전에"하며 밤톨이라도 날리면 더는 서러울 것도 없는 마음 상처 되새김질할 것입니다.

신분을 뛰어넘는 사랑을 하는 것은 그 옛날 우리들의 향가에도 들려옵니다. 민가에 울려 퍼지던 사랑가에, 신분 초월의 사랑가에, 물드는 남녀가 어디 하나둘 뿐이겠습니까.

신분과 이유 여하를 막론하고 자신이 원하는 애인을 맞게 되는 전설 속의 연인들은 많이 있습니다. 이미 보란 듯 내로라하는 독특한 여인들.

그 헌신적인 윈저 공을 가질 수 있는 심프슨 부인이나 도저히 쟁취할 수 없을 것 같던 도도한 재키가 오나시스를 결국 내 사람으로 만들다니! 기막히고 그 잘난 쟁취입니다. 이제 내 사람 됐으니 말을 거두시오, 들립니다.

천하를 주고도 바꿀 수 없는 최고의 목소리 마리아 칼라스의 아픈 사랑이 선박왕을 결국은 손끝에 잡았던 그 실오라기 하나까지 내려놓았던 것은 더 잘난 상대를 만나서만은 아니었을 것입니다. 내가 그토록 내 사람으로 만들려고 온 정성을 기울여 온 그가 그녀와 살겠다는데 재키, 재키 오나시스가 되던 날 마리아 칼라스는 어떤 생각을 했을까 짐작이 안 갑니다.

"Don't cry…." 아니 "울게 하소서."

사랑이 떠나간 자리에, 사랑 하나 붙들지 않은 심정이 매정할 뿐입니다.

'사랑이야, 조건이야. 내가 그 조건을 가져도 그랬을까.'

제발 상투적인 조건 따지기는 거두십시오.

물 건너간 사랑입니다.

오늘날의 사랑도 변한 것은 없습니다. 간혹 우리가 신분 차이로 처진 사랑에게 남은 넝마 같은 한마디 말이 "너무 처절하지 않을까." 애타게 보이지 않을 뿐이지 맞선시장에서는 여전히 재고 굴리고 완전 따져 다툽니다.

하물며 신분의 차이나 계급의 차이가 없는 오늘날 똑같은 사람으로 평범을 주장하고 있는 이 시대에 그가 그녀를 사모한다고 한들 누가 턱없는 주사기를 뿌려대겠습니까. 오만하기 그지없는 그녀도 넘어온다고 하잖습니까.

감히, 그들의 사랑을 떠올려보며 '감히'라는 말이 주는 뉘앙스와 숨겨진 뜻에 눈 감아 흐르듯 간질여 봅니다.

하여, 눈도 안 띄었던 남녀가 눈 맞는 데는 장소 이유 불문하고 초조해져 참도 짝을 잘 만나서 살고 있습니다. 그의 사랑에도 그런 날이 왔습니다. 마음에 커다란 야망이 있다 한들 남이 바라보는 그는 그저 평범한 잘난 구석이라고는 없는 청년이었습니다.

미래는 누구나 볼 수 없는 것이지만 그의 미래 역시 보이지 않았습니다. 끄떡도 안 할지도 모른다는 것을 인지하고 있는데도 어디서 그런 용기라고 할 고백을 할 수 있었는지 그것은 용기보다 더 간절했던 그 청년의 삶의 이유였던 거죠. 드디어 구애 시작되었습니다.

잘난 사람이든 못난 사람이든 가진 사람이든 못 가진 사람이든, 대궐 같은 집에 들여놓든, 지하방에 살게 하든, 일단은 그녀의 마음을 가지는 것이 중요하니 추근대지 않고 솔직하게 말합니다.

"우리 만나 봅시다. 만나고 연애하고 남녀가 하는 모든 것을 해본 다음에도 내가 싫으면 떠나십시오." 남녀가 하는 모든 것, 선 어지간히 긋습니다.

그가 좋아한다고 말해주었을 때, 싫지는 않았습니다. 어느 사람이든지 나를 좋아한다고 말해주면 그것은 진정 기분 좋은 일이기 때문입니다.

"좋아해줘서 감사합니다. 잘 봐주신 거죠." 그녀는 그것이 다였던 거죠. 밀치고 들어갈 구석이 있기나 한 것처럼 남자는 여자에게 잊을 만하면 전화를 걸고 이젠 마음 닫았나 하면 만나고 싶다고 연락해 왔습니다.

궁금해지기 시작한 여자의 마음에는 여러 생각이 오고 갔습니다. 사랑을 시작하기도 전에 미리 이렇게 마음의 선을 그어서 되는 건가 하는 마음과 자주 만나다가 정들어 버리면 빼도 박도 못하는 사랑 기류를 걱정하며 잘도 빠져나갔습니다. 그런데도 그 남자는 수그러들지 않았습니다.

그 사랑한다고 고백하던 그 남자가 그녀에게 가자고 말하던 곳, 빽빽이 나무들이 줄기차게 나란히 서 있고, 걸어가는 사람들은 주위를 참견하지 않고 둘만 걷습니다. 나무들은 새들이 포르르 달려오면 두 손 두 발 다 들고 환영하는 고즈넉한 산사입니다.

사람을 가지는 일이라서 그런지 그녀가 최고로 좋아하는 것을 싸서 바쳐도 허울 좋은 고개 까딱입니다. 사람 마음은 쉽게 가져지는 것이 아닌가 봅니다.

어쩌면 이렇게라도 해야 두고두고 그녀를 마음에서 건져낼 수 있었기에, 절대로 먼저 연락하는 적이 한 번도 없던 그녀였습니다.

'나는 당신의 상대가 아니다'고 그의 프러포즈 자체에 얄궂은 미소 던지던 그녀에게 눈길을 돌리고, 소망을 돌리고 오히려 그녀가 더 애타는 마음 던질 날을 기약합니다. 오기 잔뜩 짓이깁니다.

내 사람이어야 당신은 그리 황홀한 사람이 됩니다.

남의 사람인 당신은 내가 그리 무엇 상관하겠습니까.

황홀하게 오십시오, 내 사람 되어.

아무것도 가진 것 없이, 무엇 하나 내놓을 거라고는 없는 그에게도 영광같은 기적이 일어난다면…… 가져진 사랑, 그녀 맞습니다.

사람 보는 눈을 길러야 했습니다. 정해진 것은 없습니다. 나는 진실로 달라질 자신이 있었기에 당신을 원했습니다. 그녀가 원하는 신분 상승의 수많은 조건을 채울 자신감보다 더 한 귀한 것이 있기에 내 사랑을 부담스러워하는 것을 알면서도 대시를 한 것입니다.

몰랐겠습니까, 나보다 잘난 사람을. 나보다 많은 것을 가진 사람들 앞에서 눈길 한번 내게 주다가 모른 척하는 날들에 서운해 하면서도 '내가 지치는구나' 하는 마음은 없었습니다.

많은 시간이 걸리겠지요. 그녀가 원하는 것을 가진 사람이 되려면. 얼마나 내가 공들여야 그녀를 충족시키겠습니까. 사랑이 아니라고 밀어내던 그녀를 사모하여, 두고두고 갈망했던 내 사랑의 깊이의 날에 비하면 그것은 아무것도 아닙니다.

입이 메마르고, 보고 싶은 것을 눈감아 내고, 끊임없이 그녀가 궁금했던 날에는 그녀를 풍요롭게 해줄 자신으로 날들을 세고 있었기 때문입니다.

물론, 지금은 두 여자가 달려들어 쟁투를 벌이는 오나시스처럼 거부도 아니고, 그처럼 그 잘나 보이는 아우라도 없습니다.

그런데 나는 당신을 내 사람으로 만들고 싶습니다. 그것이 나만의 외사랑인지는 더 지나봐야 할 것입니다.

두고두고 갈망했던 나에 비하면, 회색빛 원피스에 질끈 벨트를 매고, 선글라스 낀 카리스마 아우르는 마리아 칼라스의 그 옆에 걷는 오나시스는 멋진 남성은 맞습니다.

들려오는 마리아 칼라스의 노래 들립니다.

"울게 하소서."

두고두고 갈망했던 내 사랑은, 성공부터 해야 할지 당신의 심장부터 잡아야 할지 갈팡질팡합니다.

"내 꿈이 얼마나 큰지 보여줄까. 그러니 와, 오라구."

내 사람이어야 당신은 그리 황홀한 사람이 됩니다.

남의 사람인 당신은 내가 무엇 그리 상관 하겠습니까.

황홀하게 오십시오, 내 사람 되어.

오래도록 감정 드렸다

'야망이여, 내 것이라 마음 가졌던 것들이 다가온다.'

얄궂은 상상이라고 탓해도 할 수 없다. 여자인 당신이 한 번쯤은 가져보았을 그 대단한 야망인들 그것을 가슴에 품고 산들 어찌 내 잘못이란 말인가. 물론 당신은 그런 희미한 붙들어 볼 자신도 없는 삼삼한 열정 없다고 말할지도 모른다. 몇몇 여인네들의 상상일 뿐이다.

그런데 기겁하게도 아주 대수롭지 않게 전혀 기대도 안 해도 그녀에게 그런 고치지 못할 갈증이 있다는 사실을 알고 말았다.

그녀는 늘 수수했단 말이다. 거추장스럽게 치장을 하고 다니는 것도 아니고 화려한 몸짓으로 자신을 드러내는 것도 없다. 지극히 단아했고 더하여 지나치게 낯가렸다. 제발 좀 자신에 대해 호탕하게 내치고 다녔으면 좋겠는데 그녀는, 언제나 사뿐했다.

야망이라는 것이 그런 것과 맞닥뜨려진 것인 줄 모르는 '끈질긴 신기루' 같은 것일지. 야망을 가진 사람은 마치 무슨 커다란 프로젝트를 이루려고 플랜을 짜는 것처럼 복잡할 겨를이 없다는 것이 야망을 이행하는데 적절하겠다.

백이숙제처럼 고사리만 먹고 산속으로 들어가 자신의 절개를 지킨 굳은 의지만 붙들고 이겨내고 이겨내는 것이 야망을 건져내는 성과가 아니겠는가.

내 머리 위의 하늘이 푸르고 내 다리 밑의 땅이 철퍼덕 편한 그 자리에서 동글동글 야망의 또아리를 풀고 있는데 무슨 말이 필요한가. 누군가 그 야망을 비웃기라도 하면 마음 다쳐 이행하는데 느려지고 혼잡스러울 수가 있으니 입 다물고, 그저 묵묵히, 쭉 뻗어나가는 것이 옳으리라.

살면서 단 한 번도 지운 적이 없는 마음속 켜켜이 안고 있는 당신이 끝까지 지켜내고 싶은 것은 과연 무엇이었을까.

모두가 관심 밖이었을 때도, 아무도 긍정의 손을 들어주지 않았던 시간에도. 주문처럼 외워대며, 무진장 사랑하여 무진장 마음을 주며, 오래도록 당신이 간직한 그것은 무엇인가 말이다.

하여 나는 주문처럼 외우는데 그것은 '변할 수 없는 존재' 였다. 시간이 아무리 흘러도 변치 않고 그대로 그 귀했던 순간 가졌던 마음을 가장 밑바닥에서부터 최상위까지 넘치게 넘나들게 해서 언젠가 다시 꺼내들어도 '마냥 그대로'인 변치 않는 것을 나는 무한히도 숭배했다.

어찌하여 변치 않겠는가. 무엇으로 지켜낸단 말인가. 어찌하여 변하지 않을 수 있단 말인가.

다들 시대의 기류에 현상에 맞게 변하고 바뀌고 척척 맞추어 간다. 오히려 변한 것이 더 꽉 잘 맞아서 행복을 주는데 왜 변하지 않는 것을 고집하여 바라보는 당신도, 지켜냈을 나도 힘겹게 하는가. 솔직히 엉덩이를 걷어차 줄까 한다.

하지만 당신은 그렇게 다짜고짜 따지기 시작한다. 처음에는 '변치 않는 존재'에 대해 여전히 기대하는 내가 짜증이 나고 버겁고 싫기도 했지만 별안간 눈이 팍 떠지면서 그리하여 '다시 찾을 수 있는 내가 지켜내야 하는 존재'라는 것을 깨닫는다.

온통 변화하고 있다. 변하지 않으면 닫힌 문보다 더 답답하게 숨이 막혀버릴 지경이다. 그 본성에 화살 들이대지 않는다. 당신의 본성을 처음 좋아했던, 그래서 마음 갔던, 그래서 지기가 되고 싶었던 그 당신의 본성을 처음 좋아했던 날을 나도 기억하고 있다. 다만 변했으리라고 생각했다. 우리가 변한 것처럼 당신도 변했다고 믿어서 그것이 당연한 것이라고 믿은 것처럼.

그때 참 나는 바빴나 보다. 아니면 바쁜 척을 한 것이었을까. 친구는 나와의 약속을 하고 우리는 만나기로 하며 내일을 기다렸었다. 방송 일을 처음 시작할 때라 모든 것이 부담으로 다가오는 나는 다른 날로 약속을 미루고 친구와의 약속은 또, 다른 날도 있는 것이라고 믿어 의심치 않았다.

그게 우리가 만나는 약속을 한 날의 전부였다. 친구의 집에 전화를 걸어도 친구의 어머니는 더 이상 그의 이름을 부르지 않고 종교적 이름으로 부른다.

어느 곳에 있을까. 그녀 아니 나의 친구는 머무는 곳이 어느 자락일까. 어제를 세고 오늘을 세고 미리 알지도 못할 내일을 세며 시간이 없다는 이유로 가장 중요한 친구를 내가 지나치며 사는 것은 아니었을까.

서서히 느릿하게 오고 있는 삶의 행로에 지나간 것을 이제야 붙들고 싶어 미련을, 오랜 시간 마음에 있었다는 것을 무엇으로 확인하는가. 지금에서야 만나러 가고 싶다니, 더 중요한 것이 무엇이었으리.

그렇게 시간이 지나도 아직도 내게 마음만큼 정리되어 있지 못한 것들에 나는 정처 없는 마음 되어 아쉽다. 정말이지 마음에서는 백번도 더 찾아가고 마주하고 싶었던 그리운 것들이지만, 아직도 마음에만 두고 삶의 한구석에 남기고 있다.

하지만 맹세컨대, 오래도록 감정 드려 내내 마음에서 놓지 않았던 것들. 단 한 번도 마음에서 꺼내들지 않고, 때로는 쓰다듬고, 때로는 안아들고, 심지어는 끌어안고, 내가 얼마나 그날을 그리워했는지 몰랐으리라고 호소하는 눈이 되어 전하리라.

마음 갔던 것들을 내쳐 모른 척하기에는 우리는 너무나 연약하고, 변하지 않는 존재들을 귀중해 하는 이 마음처럼. 내가 변하지 않았다는, 아직도 그 심정이라는 것을 확인하고 싶은 또 하나의 욕심이리라.

그토록 내가 편한 장소로 오겠다며 나를 만나기를 원했던 친구여. 그토록 나의 시간에 다 맞추겠다고 온갖 마음을 알리던 친구여. 다시 만나면 나의 오랜 친구는 나를 보며 뭐라 부를까. 기억은 하겠지.

그 많은 사람들과 나누었을 번뇌 속에 오래도록 감정 드렸던 나를 어떤 표정으로 바라볼까? 내 눈 속에 보헤미안처럼 당신을 그리워했을 나를 눈치챘으려나? 보헤미안의 눈동자에는 그리움이 존재하는가, 그리움은 사라지던가?

무엇으로, 기나긴 오래도록 감정 드렸던 그 심정 아실까.

그 집 앞 꽃은 빨리 피었다

하루가 다르게 나긋나긋한 모습으로 우리에게 다가오고 있다. 벽담을 따라 사철나무가 사람 키만 하게 키 맞춰 서 있어 중간 크기의 그 잎이 푸르름을 더하다가 한쪽으로는 얄따란 무늬의 녹색의 잎을 가진 나무들이 키 맞춰 자리를 더하고 있다.

오종종하게 어떤 자리에는 앞에다 한 그루의 나무를 더 심어 놓아서 봄 자리를 더욱 안온하게 해주고 있다. 초록잎 속에 속잎은 생기를 더하기까지 해서 반질하다. 언젠가 피리라.

여기를 보니까 하얀 목련이고 저기를 보니까 유채색의 봉오리이고, 그곳을 보니까 황금 개나리가 피어 있었다. 자연의 대단한 변화에 아무도 할 말이 없다. 어찌 따라간단 말인가.

도저히 이 섭리에 무슨 할 말이 없다.

황금개나리가 연푸른 가지를 축 내려뜨렸는데 전시해 놓은 갤러리보다 더 아름답게 늘어져 자연에 몰입할 지경이었다. 개나리가 피려면 한참을 더 기다려야 하는 줄 알았는데, 개나리는 그 집앞 담 밑에서 사람들 시선을 아랑곳하지 않고, 산에 피는 진달래를 의식하지도 않은 채 가정집의 담 밑을 달뜨게 비춰주고 있었다.

누가 먼저 필까? 그 집 앞 개나리와 거리의 목련화와 그리고 산에 핀 샐쭉 빨아 먹기도 했던 진달래는 누가 가장 먼저 핀단 말인가.

오늘, 다른 어느 곳에서도 환하게 웃어주지 않던 그 집 앞 개나리는 더욱 화사한 모습을 하고는 지금 담 밑에서 봄 소꿉장난을 하는 모습이다.

봄은 그렇게 온다. 싫증내는 마음도 없이 봄은 그렇게 오더이다. 장소마다 다르게 오는 봄날이 들려주는 봄 연정에 새삼스럽게 처음 맞아본 사람처럼 "그래, 봄은 그렇지. 그래, 봄은 그런 형태지"하면서 봄을 알리는 변화들에 눈동자가 커진다.

민둥산에도 이제 화사한 색시마냥 김소월의 진달래꽃이 필

것이다. 분홍보다 더한 색깔들이 꽃실과 꽃받침에 어울려 피어서는 만개하듯이 피어서는 산이 아름다운 것을 실감나게 한다. 즈려밟고 갈 진달래꽃보다 눈동자가 파고든다.

진달래와 달리 울타리 담 밑에서 자라고 있는 개나리는 유독 한 집에서만 빨리 핀 것처럼 대문을 제외하고 개나리 나뭇가지를 휘감아 방울송이 따라 개나리는 물씬 흐드러졌다. 무엇 덕분에 이 집 앞에 이리 빨리 필 수 있었을까?

대문을 나서는 아버지의 기분 좋은 가부장적이지 않은 여유로운 발걸음에 토양이 좋아지고, 식구들이 나간 그 낮이면 물뿌리개를 들고 쪼르륵 물을 주는 부인의 정성에 땅으로 나오고 싶었던, 무엇보다도 봄처녀처럼 머리를 곱게 빗은 긴 머리의 딸과 운동하면서 땅에 기를 주던 아들의 제 역할 때문인지 그 집 앞에는 빨리 개나리가 만개하였다. 봄은 그렇게 먼저 부르는 이에게 우선 손짓한다. 그대들의 사랑은 어떠한가.

마음 다 보이지 않고 접어둔 내 마음의 고백처럼, 어제도 그리고 오늘도 내일도 마음앓이를 하고 있을 사랑은 활짝 터지지 않고 미련만 더해 잠을 잘 때 뒤척이며 마음사냥만 나선다.

프리지어 꽃보다 환한 개나리가 피는 이 봄인데 그대와 손잡고 발걸음 옮기고픈 내 마음을 아시는지 생각이나 하시는지 아랑곳하지 않고 하루가 가고 있다. 스치듯 그대 생각을 하는 나 때문에 아련하게 아팠다.

물 한 모금 마시면서 쌩쌩한 내 정신줄을 일으켜 세워도 그대는 거기 있었다. "나 여기 있어요."하고 눈짓도 주지 못하고 나만 설레지 말고 지금부터 그대도 설레게 해달라고 두 손 모으는 날짜들이 온통 채워졌다.

"우리, 우리 말이에요. 그대와 나 사이에 개나리가 빨리 핀 그 집 앞에 서서 손잡고 양손 넓게 올려 사진 한 장 찍으면 안 되나요!" 그렇게 말 걸고 싶은 나는 마음이 두근거린다.

걸어도 걸어 봐도 그대와 나의 집에 닿지 않아 함께 이 밤을 새우고 싶은 날들이 왜 하필 이 봄에는 자꾸 생각나는지 모르겠다.

알았다. 꽃놀이패가 나를 그대 앞으로 유혹하고 있었다.

내가 그대에게 주려는 개나리꽃을 나뭇가지 꺾어 그대의 심장을 꽂으면 그대가 나에게 주시려는 진달래꽃을 꽃술 넣어 숨바람 담아서 내 가슴에 포개면 우리는 약속된 연인처럼 웃는다. 아, 봄처럼 웃는다.

바로 그렇게 웃는 것이 봄처럼 웃는 것이다. 웃고 싶을 때 크게 기지개 켜듯 내가 그대 앞에서 간절하게 웃는 것이 봄처럼 웃는 것이다. 그 집 앞 빨리 핀 개나리가 하필 꽃놀이패이다.

시작할 수 있다는 것에 마음이 별안간 자신이 생긴다. 손 놓고 시작도 할 수 없었던 지나간 시간들에 비수를 꽂듯, "다시 시작이야"하며 시작할 수 있다는 것에 마음이 한결 가벼워졌다.

거리에는 물이 깨끗이 흐르라고 도수정비를 한다고 커다랗게 커다란 팻말을 붙여 놓았다. 거리마다 정비를 하는 봄이고 마음마다 지그시 그 봄을 바라보며 서둘지 않는 봄이다. 나른하다고 봄 투정을 하던 이의 버릇없는 잔소리는 이제 옛날 말이다. 이 어수선한 시대에 봄이 왔으니 그저 좋기만 할 뿐이지…… 현재의 사람들의 심리다.

삶이 바빠지면서 계절이 달라지는 것조차 더 가까이 피부로 느껴지고, 생활이 복잡해지면서 작은 변화가 문득 그리워질 때가 있다. 그 집 앞, 빨리 개나리가 피었다. 그 집 앞에 아직도 붙어 있는 문패가 우리들의 아빠, 엄마의 이름처럼 든든하다.

저녁이면 아버지가 퇴근하여 들어오는 그 길가에, 저기 저기부터 우리 집에 '꽃등이 피었네'하듯 아버지는 슬그머니 주위를 살피신다.

오래도록 이 집을 잘 건사하기 위해 젊을 때 땀 흘려 사서는 두고두고 마당에 초록을 심고 뒤뜰에 덩이를 심기도 했다. 삽질을 하고 밖을 바라다보면, 높이 층층이 올라가는 주상복합 아파트에 "더 편하게, 더 안전하게, 더 문화적으로" 하는 아내의 소리를 막았다.

대신 오래 이 집에서 살다가 아들 딸 다 결혼시키고 나면, 당신의 문패도 달아주겠다고 하던 그 집 앞. 그 집 앞에 빨리 개나리가 피었다.

어찌 오래 가꾸고 길게 마음 준 것을 거둘 수 있겠는가.

사랑하는 이여, 그대가 내게 건네주던 말 생각나는가?

"같이 살고 싶어. 이 집에서 같이."

그 소리를 꽃들이 들었는가 한다. 붉은 꽃 그 담 밑에서.

내가 행복해야 한다

성취한 나의 기쁨에게 축하를 해주듯이 최신식 축배를 든다. 축하해주는 누구라도 맞아들일 준비가 되어있고 색동옷 입은 내 옷은 펼쳐 돌아지니까 더 찬란하고 환희에 차 있다.

다시 한 번 '파안대소'

꽃 이름을 다 알지 못하는 것이 못내 아쉬울 정도로 모르는 알지 못하는 풀꽃들이 사방팔방 피웠다. 유려한 목련과 개나리 진달래만 흐드러지는 줄 알았는데 이름도 모르는 참 예쁜 꽃을 발견하고는 그의 이름을 알고 싶어 못내 안타깝다.

심은 사람이 누구인지, 가꾼 사람이 누구인지 나서는 사람이 있어야 그 꽃의 이름이라도 물을진대 그저 혼자 피웠는가 할 정도로 빨간 잎이 진하다.

무슨 꽃이니? 알 수가 없어도 그 존재감만으로도 초록과 진초록으로 그리고 목단이 우리들의 화원을 환하게 해주는데 유독 혼자만 빨갛게 피었는데 우월감이 대단하다.

누구도, 아무도 아는 척을 하지 않아도 끝끝내 당당했을 봄날의 붉은 꽃에 눈길을 주면서 사람에 비유하는 인생을 들여다보았다. 흥하게 잘사는 다른 이의 행복 앞에 나라고 그런 삶을 초지일관 선택하지 않고 싶었겠냐고 되묻는다.

잘될 줄 알았는데 잘 되지 않아서 꼼짝없이 나가 떨어져서 지금은 멈추고 있는 중이라고 말하려는데 누군가 막아선다.

"가진 대로 살아."

"있는 대로 살아."

내 가치가 얼마만큼인지 잴 수 없어서 아직 저버리지 못한 나의 행복을 추구한다고, 나는 아주 잘 될거라 생각되어 곧이어 활짝 핀 꽃을 피우려고 몸부림치고 있다고 그만큼에서 소리치고 있다.

"들리지 않게 당신을 믿으시라."

우아하게 침묵하라. 우아하게 쳐다보라. 우아하게 나서라.

외친들 삶의 언저리에 당신의 배짱이 튕겨지지는 않을 거다.

자, 그러면 지금부터 당신의 문제가 무엇인가 알아봅시다.

첫째로 이미지로 갑시다.

아름답다는 말 대신 인상 좋다는 말을 많이 들은 당신은 언젠가는 "아름답게 나이가 들어가시는군요"하는 소리를 들을 수 있다. 왜냐하면, 나이 앞에 나날의 흔적이 대답하니까.

둘째로 재산은 있습니까.

듣기 좋게 "돈은 있다가도 없는 것, 돈이야 벌면 되지" 그 말에 책임질 수 있단 말인가. 조석으로 뛰며 생활 전선에 온통 몸을 달래고 있다. 바람 휭휭 몰아치는 곳에서 쪽잠을 자면서 돈을 벌었고, 궂은소리에 말대답하지 않고 침 삼키면서 꾸준히 매달렸고, 동전을 보면서 필요 없는 돈이라 여기지 않고 지폐에 침 묻히면서 세고 센 나의 재산이었다.

셋째로 사랑하는 이는 있습니까.

나보다 사랑하는 이를 더 기쁘게 하기 위해 숨차게 행복을 원했는지 모른다. 나야, 내 인생이야 이만큼이면 된 것이고 나에게 기대는 그들을 위해 웃는 모습을 흉내 내고 힘겨운 나를 보면 그가 나 따라 울까 봐서 우는 것보다 웃는 것에 더 친해지려 했던 삶이었다. 그들은 내가 사랑하는 가족이었다.

하지만 맘대로 되지는 않았다. 맘처럼 되지는 않았다. 잘될 줄 알았는데 잘 되지 않는 날들 때문에 쪼그리고 앉아서 타닥타닥 이럴까 저럴까 하기도 했다.

보여주고 싶었던 날들이 왜 나에게 없었겠는가.

이만큼, 나는 이만큼이라고 충만하게 보여주고 싶은 날들이 왜 그대에게는 없었겠는가. 양보하지 마라. 절대 양보하지 마라. 양보하지 않았는데도 내 것이 되지 않았다면 몰라도 당신의 행복을 양보하지 마라.

당신의 행복 다음에 사랑하는 이의 행복이다. 보호해 주고 싶었던, 무던히도 지켜내고 싶었던 사랑하는 이는 당신의 행복 다음에 챙겨라. 그래야 그 행복이 오래 간다.

내 행복이 중요하다. 내가 행복하니까 당신의 행복을 염려할 수 있다. 과감하게. 나도 그랬다니까. 나도 그랬는데 행복해졌어. 중요해, 내가 행복해야 해, 나를 먼저 지켜주는 행복은 오래 가.

사랑하는 이가 못다 한 것을 이루어 주려고 당신이 대신 그

보여주고 싶었던 날들이 왜 나에게 없었겠는가.
이만큼, 나는 이만큼이라고
충만하게 보여주고 싶은 날들이
왜 그대에게는 없었겠는가.

양보하지 마라.
절대 양보하지 마라.
양보하지 않았는데도 내 것이 되지 않았다면 몰라
도 당신의 행복을 양보하지 마라.

길을 가다가 낭패한 것은 당신의 어리석은 판단이었고, 그 사랑하는 이마저 당신의 허무한 판단 앞에 빈정을 보내고 있을지도 모르는 것이 인생의 한판이더라.

"이겼다." 이기고 나니까 당신을 지켜줄 수 있다. 이기고 나니까 풍족해서 당신을 돌볼 수 있더라. 풍족하고 나니까 내가 좋아하던 나의 사람들이 나를 더 좋아하더라.

그리하여 당신의 행복이 중요하단 말이다. 명심해라.

"나중에 당신의 기쁨을 보기 위해 내가 그 선택을 했는데 내 배려가 오히려 당신과 나를 배신하는 결과만 낳았구나." 후회의 말을 던지면 "누가 나를 위했다고 그래. 뭔 소리야"하는 소리에 뒷걸음치지 말고 우뚝 서서 그다음에 사랑하는 이를 살펴라.

사랑은 가지지 못한 사람이 베풀 수도 있는 것이지만, 사랑은 가진 사람이 더 많이 베풀 수 있는 것이 섭리더라.

당신이 행복한 것이 중요하다. 자. 행복하다면 금딱지 던져라. 비행보다 더 빠르게 나의 행복이 주위를 휘감는다. 내가 행복해지니까 신경질이 멈추고, 아주 풍족해졌다.

불 밝혔다. 나의 행복에게 기도한다. 무던히도 어려웠던 시간에도 행복은 내 것으로 만들라고!

사시사철 푸르던 사철나무의 뾰족하나 부드러운 잎만 살폈지 다른 나무에 까마중 같은 작은 알맹이가 그 날에 생기는 줄 몰랐다. 살펴보니 그랬다.

어릴 때 따서는 먹을까 말까, 먹어도 되나 '정말 먹어 버릴까부다.'하며 신나서 까마중을 찾은 것처럼 지금 든든한 사철나무 앞에 서있다.

한 걸음 더 걸으니 세차를 하는 아저씨들이 비눗물을 튕기면서 물을 뿌리고 있다. 곧이어 깨끗한 차에 몸을 싣고 자신이 했던 그 노력만큼 행복해진 것에 감사하고 있을 거라고 생각된다.

"걷던 그 길에, 튀기는 그 물방울 맞았단 말이야" 외치지 마라. 지나가는 것이고 지나간 것이고 잠시 잠깐 멈춰선 난관이었거늘 왜 다 걸은 것처럼 분노하는가. 그가 그의 행복을 위해 노력한 순간에 당신이 잠깐 지나간 것을. 도리 다 했다고 말한다면 그는 얼마나 서운하겠는가. 그도 서운하고 나도 서운하지 않기 위하여 내가 행복해야 한다.

자, 붙들어라. 내가 행복해야 한다.

모두가 맑은 빛을 내기 위해 참다운 힘을 비추고 있는 이 순간, 걷다가 만나는, 잎사귀 지친 생기 잃은 잎을 만나거든 적셔주는 것은 당신이 하지 마라. 그를 가장 아껴주는 사람이 와서 보호하리라.

'다른 이 다 촉촉한데 너만 건조하니 보는 내가 힘겹다'하면서 와주는 이가 있다면 그가 그의 오아시스이리라. 당신도 만나라. 당신의 오아시스를.

내가 가꾼 내 길에는 내 행복이 우선이어야 한다는 것을 기억해라.

반드시 당신의 행복 그다음에, 소중한 이의 행복이 있음을 주시하라.

그것이 행복의 순서이다.

행복의 순서는 그렇게 정해져 있는 것이다.

Welcome to
Noodle22
thank you!!
Come back Soon!

꽃무늬의 변치 않는 구애

안스리움 꽃을 한 다발, 곁들여 안개꽃은 가장 좋아하는 색으로 탈색을 한다. 스타티스의 자잘한 꽃봉오리가 꽃다발을 사로잡아 어쩌면 그녀는 예쁜 리본을 만들어 달게 하느라고 리본 장식을 풀었다 매었다 실랑이를 하고 있을지도 모를 일이다.

리본을 다는 것보다 그저 투명한 비닐에 싸는 것이 더 안스리움 꽃이 살아 생생히 만개한 꽃에 마음 빼긴다고 우겨대도 이미 리본은 안스리움의 허리를 가늘게 만들고 있다. 감싸고 있는 비닐은 덜 구겨지게 안스리움의 줄기는 꼬옥 모아서 그녀가 받아들면 한 손바닥 안에 들려 화병에 꽂은 것보다 더 소담스럽다.

화사한 꽃은 아니지만 왠지 그녀가 받아들면 그녀가 안스리움을 닮았는지, 그 식물이 그녀를 닮았는지 어울리는 꽃과 그녀이다.

우리 애인은 그렇게 조금 작은 꽃봉오리를 갖고 있고, 줄기는 기꺼이 잔잔한 얼굴을 하고 있는 이상형을 말한 그 야릇한 사람이 문득 떠오른다.

지금 그 사람을 알아보겠냐고 하면 생각이 나지 않아 그 거리 인사동을 다시 걸어도 나는 그 사람의 기이한 분위기만 기억하지 더는 생각이 나지 않는다.

그런데 그 꽃잎차와 그 사람이 말없이 기운도 없이 차를 먹던 그 행동을 생각하면 웃음이 나와 혼자 조용히 "차를 충분히 즐기는 것은 무얼까?" 한다.

안개꽃이 유행하던 그 시절에 그 프로듀서와 나와 또 다른 연출자는 인사동을 걷고 있었다, 어떤 주제를 갖고 인사동을 찾아갔는지 몰라도 그때만 해도 인사동 거리를 일부러 가서 걷고 배회하고 차를 마시고 오는 일이 유행처럼 번져 인사동에서 산 물건들은 금방 알아볼 정도로 인사동 특색이 물씬 풍기는 앤티크한 소품을 하나씩 사들고 오기도 했다. 아마도 옛

것에 대한 탐구를 하는 여성채널의 방송이었던 것 같다.

인사동에서 한정식집을 찾아가 식사를 하고 찻집으로 들어갔는데 꽃잎차가 나왔다. 지금이야 우롱차, 국화차, 재스민차 하면서 꽃잎차가 아주 흔하지만 그 당시에는 새로운 다도처럼 다기에도 오랫동안 눈이 머물던 날이었다.

호롱불의 심지에 불이 켜지고 찻물이 꽃잎에 물들어 미지근한 차가 점점 뜨거운 물이 되면서 우리는 목이 따뜻해지니 온몸의 피로가 풀리는 차의 효력에 감사하며 무릎 꿇고 앉은 이층의 다락방에서 오래 앉아 있었다.

벽에 발라진 옛 글씨로 된 벽지에 겹겹이 사람의 흔적을 둘러보고, 코에 침 세 번 묻히며 발에 저림 증상이 나을 때까지 찻물을 한 번 더 숙우에 담고, 다관에 물을 따라 차를 우려낸 뒤 찻잔을 손에 쥐고 따뜻한 기운 감싸 안았다.

벽 한구석에는 안개꽃 말려 거꾸로 매달아 안개꽃의 물안개 퍼지는 듯한 잔잔함의 소용돌이는 이층 다락방을 더욱 옛 정취에 빠져들게 했다.

다기의 찻물도 줄어들고 우리는 갈 시간이 왔다. 그런데 차도 참선하듯 마시던 그 프로듀서는 우리들 보고 먼저 가라고 한다.

"나는 이 차를 더 즐기다 갈래요"하는데 같이 온 프로듀서는 "차를 즐긴다고?" 의아한 눈길을 보내며 지그시 먼저 일어서는데 나는 이 분위기는 뭔가 하는 생각에 웃음이 새어 나와 화도 조용히 낼 것 같은 그를 겸연쩍게 하고 말았다.

"응 응 충분히 즐기다 와. 가자"하면서 동행했던 사람이 무드꽉 잡고 앉아 있는데 우리는 먼저 일어서는 해프닝이 발생했다.

그 프로듀서는 옷도 분위기 있는 멋쟁이도 아니었고 상아색 지퍼 달린 잠바를 걸쳐 입었는데 꽃차와 꽃향기에 그리 미쳐 일어서지 못하니 영 그 분위기가 이상도 하고 '세상에 그런 남자도 있구나'하면서 다음날부터 여성채널만 가면 나는 그 프로듀서를 힐긋 보기도 했다.

꽃가루 날리며, 꽃향기 날리며, 꽃무늬 흠씬 분위기를 만드는 그 사람은 여성을 위한 프로그램을 잘도 만들었다. 그 꽃들이 찻잎도 되고 연인을 위한 꽃다발도 되는, 여성의 마음을 아는 프로그램을 만드는 말 없고 기운 없는 그 사람을 꽃무늬를 보면서 기억한다.

사람을 먼저 가라고 하면서 꽃잎차를 혼자 음미하고 있는 그 분은 지금 무엇을 하고 있을까. 늙어서도 분위기에 취하는

것에는 일가견이 있으신지. 어쩌면 꽃잎들을 말리고 계실지도.

며칠 전 꽃무늬가 흐드러진 작은 가방을 보면서 만졌다 놓았다 하며 한번 돌려가며 구경을 한 적이 있다.

"꽃가라는 누구나 현혹되지요. 많이들 사가세요" 한다.

지금은 인사동의 거리도 많이 달라졌다. 외국인 손님들이 그 거리에서 다분히 한국적인 것을 사려고 하기보다, 한국 문화를 몸소 배우는 장소로 인식하면서 전통적인 것을 배울 수 있는 곳이 되었다.

북유럽에서 온 제니퍼가 친구들을 위해 선물을 사러 가기 전 무엇이 좋을지 리스트를 작성하며 묻는데 전통 지갑, 전통 실내화를 권하기에는 이미 우리 문화는 다른 변화가 몰려들어 왔다는 것을 염두에 두지 않은 억측이었다.

인사동 거리를 걷던 제니퍼가 인사동에서 사갖고 와서 손에서 놓지 않고 "좋아" 했던 것은 수제 도장이었다.

우리가 흔히 새기는 옥도장이나 나무도장이 아니고 조금 고상한 도장이었는데 거기에는 꽃무늬가 마치 신선이 그린 그림처럼 다채로운 무늬였다.

많은 무늬 중에서 자신이 이 모양을 골랐다고 했는데 그

도장에 그려진 꽃도 신선하고 선과 색이 오묘하게 차분했다. '이런 도장도 있구나' 하면서 꽃무늬 디자인의 자잘한 무늬가 주는 여운에 오래도록 눈을 파묻고 바라보고 있었다.

가방에서도 도장에서도 그리고 당신의 마음에서도 잔잔하게 자라고 있는 그리고 눈길을 다른 데로 돌리다가도 어떤 유행에도 밀리지 않는 꽃무늬를 보면서, 나른하게 구애를 하는 사람을 생각한다.

유행에 분명 앞서가는 무늬도 아니고, 오래전부터 사람들이 알고 있는 식물의 무늬를 수놓은 것인데 우리는 아직도 꽃무늬만 보면 만져본다.

아름다움이 귀하던 시간에는 더 많이도 옷의 천으로 등장했을 꽃무늬를 보면서 내밀하게 숨겨 놓았던 여성적인 분위기 뉘엿거린다.

마틸드의 목걸이 타령

그녀가 그 남자와 살고 싶어 결혼을 선택했지만, 선택한 만큼 모든 것이 그 남자의 삶에 맞추어 살 수는 없는 것이다.

야망은 야망대로 남아 있어 흐드러지게 넘실댄다. 참았던 거대한 욕망들이 평범한 삶에 돌을 던진다. 결혼 전 가졌던 꿈이나 혹은 사치 등은 고스란히 마음 한켠에 남아 있어 어느 날 한 번쯤 다시 그 사치를 꺼내들고 깃털 달린 부채 펼치고 눈꼬리 올리며 무도회에 나가 주인공이 되고 싶은 꿈까지 내던져 버릴 수는 없지 않는가.

목이 깊게 파인 와인빛 광채 도는 드레스에 그녀만의 목선을 돋보이게 하는 목걸이를 하고 등장하자 층계를 내려오는 많은 귀족들의 시선이 그녀의 입이 움직일 때마다 목걸이에 와서 머문다. 살짝 펼쳤던 부채를 접으며 그 누군가 그녀를 주시하면 웃음의 강도를 높였다가 다시 입가에 미소만을 머금은 채 웃었다가 말았다가 쥐락펴락 무도회장의 주인공이 된다.

"당신께서 으뜸인 듯하네요."

누구라도 그런 말을 혹시나 던져 주려나 주위를 살피는 것도 소홀히 하지 않으면서 누가 나라도 쳐다보면 거만하게 눈을 내리깔고 흐흐흠 하듯 드레스를 살살 움직인다.

"자, 손은 그렇게 내미시면 안 되죠. 고스란히 손을 내리고 당신의 손을 잡아주는 공작님에게 먼저 눈빛으로 인사를 건넨 뒤, 이 목걸이를 사줄 능력정도는 되냐고 물으며 목의 쇄골이 돋보이게 연민 스치듯 떨면서 손을 잡으셔야죠."

오드리 헵번이 파티장에 가녀린 어깨를 드러낸 슬리브리스 드레스를 입고 등장한 그 영화를 떠올려본다. 홀리(오드리 헵번)의 기다란 파이프 담뱃대에 닿아 보랏빛 뾰글 모자에 불이 붙자 냉랭한 잔으로 잠재운, 통쾌한 아찔함을 주었던 〈티파니에서의 아침을〉. 이 영화에서처럼 파티의 새로운 주인공이 되기는 별스럽기 그지없다. 담뱃불이 모자에 붙어 연기가 포르르 올라오는데도 동그란 눈동자의 중년 여성은 자신의 머리에 불이 붙었는지도 모르지만, 멀리서 홀리가 낸 작은 불을 조바심 내며 지켜보던 한 남자의 마음에는 일순간 불꽃이 일었다.

야망이여, 불 지르지 마라.

마틸드가 원했던 목걸이를 읽으면서, 모파상의 작품은 살이 내린다는 생각에 이른다. 그 목걸이는 어떻게 생겼을까. 마틸드의 세월을 사버린, 그 많은 대가를 치른 마틸드의 목걸이는 갈등의 세월을 이겨낼 만큼 그렇게 그녀에게 커다란 것이었을까?

사람마다 자신이 원하는 것은 다 다르다. 사람마다 살아가는 동안 꼭 한 번 해보고 싶은 버킷리스트도 모두 다르다.

당신은 오늘이 가기 전에 초대받은 파티를 꼭 가고 싶을 때 무엇부터 준비 할까. 초대장을 받으면 우선 초대를 받은 장소에 내가 만날 사람을 생각하겠지? 그 초대 장소에는 오랜만에 나를 반가워하며 만나는 사람도 있을 것이고, 예상치 않은 내 어린 시절을 보고 자랐던 가족과도 잘 아는 사람들도 만날 수 있을 것이다. 내 남편의 친구들도 만나 결혼 때 보고는 처음이라며 악수를 하고 남편의 어깨를 쓰다듬으며 “잘 살고 있지?”하는 지인을 만나면 “물론 잘 살지”하는 인사로 제대로 사는 삶을 과시할 수 있다.

우연히 만나 정분이 나는 사랑의 인연을 만나면 더 좋으리.

누구를 만나든 나의 새로운 모습을 보여주고 싶은 것은 당연하다. 치렁치렁한 드레스를 입을 것인지, 도도한 차림의 바지 정장을 입을 것인지, 아니면 투피스의 품격 갖춘 옷차림으로 정도를 벗어나지 않은 나를 보여줄 옷 걱정부터 시작해서 소품까지 신경을 쓴다.

만약에 머리가 길 때는 올림머리를 할까 고민을 하고, 머리가 짧을 때는 화장을 짙게 해서 생동감을 준다. 의상과 머리까지 갖은 신경을 쓰며 눈썹 하나에 사람이 달라진다는데 눈썹은 붙일까 말까 고민한다. 올림머리를 할 때 풍성하게 살리려고 작은 가발을 붙였는데 눈썹까지 붙이면 부담 백배일까 봐 가발이든 눈썹이든 하나는 떼어내고 적당한 선에서 머리끝부터 발끝까지 차림에 주목한다. 떼어낸 눈썹이 발에 밟히자 언제 소중했느냐는 듯이 손톱 끝으로 다시 케이스에 담는다.

오!! 맞아 포인트, 포인트가 빠지면 안 되지. 마마들께서는 장롱 서랍을 열고 거울 달린 보석함을 열어 캐럿마다 보증서가 있는 목걸이와 반지를 꺼내서 목걸이와 반지를 세트로 목에 하나 걸고 손에 하나 걸며, '이건 언제 받았지? 이건 얼마짜리더라, 오오 이건 세팅 값이 너무 비싸'하며 주렁주렁 달기보다 가장 값나가는 것으로 치장을 한다.

귀하신 마마들께서는 척하고 아시니 이 진주 목걸이에 이 오팔 다이아반지를 하고 갈까? 아니면 결혼 때 받은 정확한 감정서가 있는 5캐럿 다이아반지 하나로 '내 다이아몬드는 물방울 다이아 못지않아' 하며 고상을 떨어 볼까?

부인네들은 보석함을 열고 "금이 최고여, 금이 최고지"하며 기다랗게 된 금목걸이를 걸고 메달을 달까 말까 하다가, "요즘은 금값이 비싸 금목걸이 하고 다니기도 겁난다"하면서 다시 어딘가 숨겨 놓고는 의상에 맞는 액세서리를 고른다.

땅값이 제일 비싸다는 금싸라기 땅의 명품관에서 계산기를 두드리는 보석코너 아가씨는 1,200만 원을 870만 원에 이번 주까지 세일한다는 빼곡한 POP 광고를 바라보는 나에게 얼른 다가와 "이번 주까지에요" 한다.

"세계 최고로 공신력 높은 GIA 감정 아시죠? 명품 중에 명품이에요. 남편분 모시고 오세요. 지금이 적기니 세일할 때 남편분에게 사달라고 하세요."

참 상냥하게 설명도 잘한다. 세팅도 잘되었고 디자인도 독특해서 여자들이 남편 데리고 와서 사기도 하고, 안달이 나 당장 사고야 마는 마나님도 많다며, 나보고는 자꾸만 남편 모시고 와서 획득하듯 다이아 반지를 손에 끼라고 하는 것이다.

1,200만 원짜리 에르메스 백을 서슴없이 사는 마나님들이 가장 빛나는 손에 끼는 반지가 천만 원을 호가한다고 해서 못 살 것 없지 않겠는가. 그렇다고 내빼듯이 천만 원짜리 반지에 관심이 없다고 하기에는 나는 너무나 오래도록 POP광고를 바라보고 있었지 않았는가.

천만 원짜리 반지와도 안 바꿀 23살 때 소공동의 금은방에서 내가 디자인해 만든 마름모 얄쌍한 나의 반지는 오랜동안 내 손에 오래도록 애장품처럼 끼워져 있다. 젊을 때는 중지에 끼었고, 손마디가 굵어진 지금은 약지에 끼고 있는 내 반지는 내가 무척 아끼는 작은 에메랄드 보석이다. 물론 이렇게 작은 액세서리도 선호하시는 분도 계시지만, 나이가 들어가면서 조금 큰 알로 바꿔도 좋지 않겠냐며 보석 아가씨는 보석의 가치는 감정서가 좌우한다고 하며 반지를 꺼내 자꾸만 껴보라고 권한다.

'오매, 부티가 나긴 나는구나! 작은 액세서리를 선호했던 것과 다른 이 대단한 부티는 어디서 풍기는 거야.'

보석이 뭐기에 우리는 아주 과거부터 결혼을 하면 반지를 나눠 끼고 보석을 여자에게 해주는 풍습이 전해 내려왔는지 모른다. 탄생석을 자기 태어난 달에 맞춰 끼기도 하고, 보석이 가진 특성에 따라 평온을 얹어주는 자수정, 성공을 부르는 터키석, 행운을 가져다주는 산호를 자신의 손에 끼는 그 오랜 전통은 보석으로부터 느끼는 만족감과 희열감과 과시욕을 가진 여자의 기나긴 욕망이리라.

내 손에 끼울 비싼 보석을 사줄 만한가에 따라 능력자로 별안간 좋은 남자로 판가름 난다면, 치장하고 있는 보석에 따라 내 남자의 능력이 점쳐지기도 하는 돈의 정석이자 척도, 그것이 바로 보석의 얼굴이다.

광채 잠재우고 다이아몬드는 다이아몬드의 값으로 그녀의 목에서 발광을 하고 있었다.

문학사의 거장, 모파상의 작품 <목걸이>는 파티장에 목걸이를 하고 가고 싶었던 주인공 마틸드가 목걸이를 빌려서 하고 갔다가 목걸이를 잃어버려 그 목걸이만큼의 대가를 치르기 위해 자그마치 10년의 세월 동안 갖은 고생을 다해 그 가격만큼의 목걸이를 돌려준다는 스토리이다.

하지만 그 목걸이가 진짜 목걸이가 아니라는 사실을 알게 되는 마틸드의 '삶의 혼란'이 우리를 목이 메게 한다. 욕망의 목걸이가 그녀의 기나긴 평범한 삶을 허탈하게 만들었던, 허나 그것이 그렇게 값나가는 목걸이가 아니었다는 것 때문에 주먹 쥐었던 손에 펼치면 아무것도 없고 부서진 흙만 부슬 떨어지는 것 같다.

마틸드의 목걸이 타령처럼 우리는 오늘도 타령을 한다.

이것 타령, 저것 타령, 누구 타령 당신 타령.

내 시간만 앗아가지 마라, 그렇게 타령도 해본다.

당신의 정원

물은 거스르지 않고 아래로 흐른다. 절대 물은 위로 치솟아 흐르지 않고 그저 아래로만 흐르는 것이다.

그 봄녘에 흐르는 물은 세상의 기운을 받아서 그런지, 손을 담그면 그대로 내 손등으로 흐르는 물을 바라다보며 언제까지라도 담그고 있어도 좋을 만큼 따사롭다. 웅크리고 앉아 한 손을 담갔던 손을 다른 손마저 담가 물결에 여울지는 찰랑거림에 잊어도 좋을 것들이 흐르고 있음을 깨달았다.

그렇게 잊어도 좋을 것들을 마음에 움트지 않고 살았다면 이 나이의 표정이 더 행복처럼 느긋하지 않았을까. 두 손을 담근 내 손등 위로 작은 나뭇가지 하나가 내려와 멈추더니 아무것도 아니라는 듯이 얽히듯 물 따라 저만치 내려가고 있다.

잊으라고 가르쳐 주고 가는 것 같았다. 사랑이라 믿었으나 지금 생각해보니 집착이었던 것을 잊고, 성공이라고 믿었으나 오만 속에 드리워진 허세였던 것도 부끄러이 잊고, 아직도 못 잊고 두고두고 마음 한가로운 날이면 껴안았는지 붙들고 있는 건지 멈추지 못하는 것을 접어두고 흐르게 하라는 듯이 물은 흐르고 있다.

살짝 해가 조금 거세게 와서 비추니 내 손에 물빛이 물무늬를 보이면서 손등을 말갛게 비추어 주고 있었다.

더 좋은 것을 갖게 되면 잊히는 것이 인생이라 말하지는 않겠지만, 더 당신을 아끼는 좋은 것을 만나면 인생이 빛나는 것이라 말해주는 물빛 드리운 아름다운 사계절이다.

나를 너무 사랑하는 것처럼 생각된 사람이여. 사랑이 이런 것일지도 모른다고 한참을 생각하면서 마음 안절부절못해 자제할 마음을 들여다보지 못하고 걷잡지 못한 마음으로 정말 그때는 당신이 나를 원한다고 믿었던 사람이여.

물이 거스르지도 않고 또 흐르고 물이 닿는 곳이 정처 없이 돌고 돌아보니, 참 좋은 것도 많고 참 신기한 것도 많아 당신의 존재가 이제는 희미한 옛 자국처럼 보이던 지금, 나는 그때의 내 마음을 잔가지 쳐버린다.

“내가 당신을 바라보던 그때는 그 정도만 내 것이 되는 줄 알았던 작은 마음이었어라.”

들리는가, 듣지 마라. 내 꿈이 너무 소박해 당신 정도면 되는 줄 알았더라.

시간이 나에게 가르쳐 주더라. 애써 다그치며 다른 것을 찾아보지도 않았는데 시간이 나에게 그렇게 말해주더라.

“네가 가져야 할 것은 얼마나 큰지 보여줄까. 굉장히 커.”

우리는 아름다운 정원을 가꾸고 있었는지 모른다. 어쩌면 너무 아름다워서 만지지도 못하는 정원을 만들고 있었을까 생각해본다.

내 님께서 흙을 파고 비료를 주고 거기에 당신께서 제일 좋아하는 것을 심으면, 나는 물은 이렇게 주면 되느냐고, 물은 어느 만큼 흘리며 주는 것이냐고 그의 눈에게 묻고는 아주 천천히 조심스럽게 쑥스러움을 그에게 내보이면, 당신은 재빠르게도 물이 흐르는 내 조리개를 받아서는 땅에 물을 주면서, 멀리 있는 곳까지 보게 해주던 그 정원을 나는 생각한다.

당신이라는 사람은 사랑을 가르쳐 주지는 않았는데, 사랑이 이렇게 물처럼 내 온몸을 적시는 것을 알려주는 그날들이여.

물을 잘도 주는 그 남자의 뒷모습을 보며, '나는 남자의 뒷모습에 반하기도 하는가' 하면서 그의 머리에서 귀까지 슬쩍 보이는 표정에 한 번 웃고, 물뿌리개를 움직이는 당신의 손사래에 "지나치게 마음 떨리게 하네" 하면서 그에게 다가가 자세히 보려하자 내 허리를 잡으며 머리 쿵 해준다.

무슨 파티라도 해야 할 것처럼 우리들은 정원을 가꾼다. 넓지 않은 정원인데 푸른 초원을 걷는 것처럼 허리를 서로 감싸고 이쪽으로 걷다가 다시 저쪽으로 걸으며 나의 플레어 치마가 살짝 드리워지면 잔잔하게 내 치마를 덮어주면서 "이제 들어가자" 하며 나를 안내하는 당신이여.

처음 당신을 만난 그곳을 나는 상상이나 하려 애썼을까. 우리가 만난 날은 "양어깨 마주친 바로 오늘이야, 잊지 마" 하는 당신의 소리에 사랑하는 이와의 만남의 날을 세는 한 남자의 이야기처럼 첫 만남을 세는 당신에게 "나도 당신처럼, 당신도 나처럼." 그날은 참으로 '맹세 같던 날'이라고 새삼 특별함을 부여한다.

집으로 들어가려는 우리의 정원에는 늦은 밤이면, 전등이 하나둘 켜지고 짙은 나뭇잎으로 물들던 테라스는 더욱더 구릿빛 탁자가 황홀하다. 내가 깨끗한 색의 탁자와 당신의 의자와 나의 의자를 원했지만 당신은 구리로 만든 의자를 배치하고는 "우리가 달라도 인정하는 것들"에 대해 의자에 앉아 무던히도 주고받았던 이야기들이 새롭다.

당신이 기쁜 것이 나에게 절대적으로 기쁜 것이 되는 것은 아니라고 내가 싫은 것이라도 당신이 좋아하면 다시 들여다보는 것이 '연인의 정'이라고 설득도 잘하는 당신 앞에 존경과 사랑의 빛을 태우고 있는 한가로운 밤이었다. 그때 테라스는 우리의 정원을 바라보면서 '타인에게 느낄 수 없는 이 따사로운 정은 무엇일까'하는 궁리를 하는 것처럼 든든한 버팀목 같기도 했다.

만나야 사랑이 이루어지는 것이고, 만날수록 정이 든다는 당신의 첫마디에 '이 사람이 나를 많이 좋아하고 있구나. 나 아니면 안 될 것처럼 기다리는구나'하는 그의 숨결 떨리는 애정 공세에 "예스 다시 예스"하면서 따라가고 있었다.

T.S. 엘리어트의 4월은 잔인한 달이라는 시 구절에, 터무니

없이 이 좋은 계절을 잔인한 달이라고 읊어야 했던 시인을 향해 황무지였던 그 마음에 피어난 정원을 지켜본다.

당신이 주신 정원에는, 정성으로 꽃반지 만들어주는 토끼풀은 아직은 없다. 잎사귀 뜯어 나눠보면 하얀 우윳빛 진물이 나오는 질경이도 없다. 그리고 피리라도 불고 싶은 버들피리도 역시 없다.

당신께서 주신 정원에는 한쪽으로 흐르는 물을 바라보는 다분히 여유로운 연못이 있고, 등 따라 작은 꽃들이 색색깔을 자랑하며 꽃처럼 참한 자태로 살아달라는 당신의 연인에 대한 염원이 담긴, 나와 사랑하는 이를 위한 포부가 담겨있다.

무엇보다 당신의 정원에는 우리가 손잡고 걷는 다정한 길이 놓여 있다.

"당신을 아니 만났다면 나는 누구도 선택하지 않았을 거야."

그 말이 진실인지 알고 당신을 만났다. 진실이었을 그 말.

"정성들인 당신의 인생에,

당신 사람으로 살 수 있어 제가 자꾸 웃습니다."

"정성들인 당신의 인생에

당신 사람으로 살 수 있어 제가 자꾸 웃습니다"

여자의 사적 공간

재봉틀을 하나 사고 싶다. 그 옛날 아낙네의 수동식으로 발로 운전하여 탈탈탈 페달 밟으며 실을 꿰던 재봉틀 말고, 사용법을 알면 더 쉽게 드르륵 천을 오리고 시침질해놓은 것을 박을 수 있는 재봉틀을 마련하고 싶다.

오래전부터 나는 천이나 가죽 재질이 마음에 들면 모아 놓고서는 내가 디자인한 파우치를 만들 생각을 하고 있었다. 하지만 재봉틀을 사들여도 내가 그 기계를 잘 다뤄 내가 만들고자 하는 디자인의 파우치가 될 수 있는지는 모르지만, 아무튼 나는 내가 그린 디자인을 위해 천과 가죽을 모은다.

휴지를 감싸던 레이스 휴지 덮개도 다 벗겨버린 내가 치렁

치렁하는 데코레이션을 위한 소품을 만들기보다 케이스를 만들면 오래 보관할 수 있는 물건을 위한 여러 가지 파우치를 만들어 보고 싶은 것이다.

재봉틀을 들여놓은 공간에는 재봉틀과 다림질을 서서 힘들이지 않고 할 수 있는 다림질 코너를 만들어 놓고 한쪽 구석에는 책꽂이마다 모아놓은 천과 가죽으로 만들 디자인 스케치북을 진열하고 싶다.

그렇게 내 안의 작은 공작소를 나오면 내가 그토록 가지고 싶던 책상이 놓여 있는 공간을 만들리라. 책상이 놓여 있는 벽 한 면으로는 이중커튼이 처져 있는데 감색 밑바탕의 천 위에 초록 커튼을 쳐서 내 눈의 피로를 잠재운다.

책상의 모양은 양쪽으로 서랍을 달지 않고 서랍 대신에 서류를 질서 있게 차례로 넣을 수 있는 층층이 철제 붙박이를 만든다. 가운데는 여닫이 받침대를 넓게 달아 특별하게 사용할 일이 없을 때는 드르륵 들이밀어 책상의 본체 모양을 고스란히 자리 잡게 하고, 무슨 도안이나 구성할 것이 있으면 그 도르래 판대기를 꺼내어 쓸모 있는 책상으로 사용한다,

한 개의 책상만이 있는 것이 아니고, 또 다른 한쪽 큰 창문이

있는 벽에는 유리문이 가진 고유의 통유리를 살려서 불을 켜면 형광등의 불빛이 그 창문에 떠 창문에도 등을 만들어 놓은 것처럼 만든다. 분명 천장의 등불인 것 맞는데 창문에 떠 있는 등이 내 마음에 쏙 들어와 마음의 불을 켰다 껐다 해본다.

나는 천장의 등을 끄는 스위치를 껐을 뿐인데 창문에 뜬 등까지 어둡게 변하는 것을 보면 '최신식 이중 등이 됐네.'하면서 피식 웃는다.

통유리에 바짝 붙여진 작은 책상은 고풍스런 앤티크처럼 느껴지는 오크목의 사이드보드, 앞부분이 독특한 책상으로 그 자리엔 내가 좋아하는 소품을 몇몇 개 올려놓는다.

어쩌면 당신을 생각할 수 있는 당신과 내가 찍은 사진 대신에 당신으로부터 받은 수첩을 올려놓는다. 수첩에 나는 절대로 빼곡하게 글씨를 쓰지 않고 다만, 그렇게 쓴다.

〈소식 있음〉　　　　　〈소식 없음〉

내 사적인 공간에 당신이 마음대로 드나들 수야 없겠지만 당신과 만난 날짜를 기록하면서 연필심이 주는 촉감에 마음이 야릇해진다. 쓱쓱 문질러도 연필심이 까맣게 되지 않는 수첩은 무지로 입힌 종이인가.

지울 수 있는 당신과의 날들을 고쳐 쓰게도 한다. 너무 좋아서 별표를 하면서 기입했던 날짜를 두 눈 감았다 뜨면서 마음 달래며 조용히 눈을 뜨고는 감았다 하며 수첩을 가슴팍에 안았다 조용히 놓는다.

수첩 옆에는 유리로 된 시계를 같이 진열하고는 복잡한 날에는 딸랑딸랑 할 수 있는 타종이 달린 시계로 마음 울린다. 창문에는 지저분하게 전체를 나뭇잎으로 감싸지 않고 커다란 한 개의 화분의 줄기가 늘어지듯 창문 둘레로 둘려 있고 그 나뭇잎 덕분에 차가운 내 공간은 살아있는 생동감으로 고요를 일으켜 세운다.

고개를 옆으로 돌리면 바로 내 얼굴을 바라볼 수 있는 거울을 사각의 긴 거울을 달고 거울에 내 사진 한 장 붙여놓고 거울과 나를 바라보며 "나구나"하며 나를 똑바로 안다.

토스터기 대신에 미니 오븐에 식빵을 구워 먹고, 스무디와 디톡스 음료를 만드는 주서기 그리고 그 옆에는 공기로 프라이를 할 수 있는 에어 프라이어를 놓아 왠지 기름기 있는 음식이 당길 때 식단 조절을 할 수 있는 튀김 대신에 펑 찌는 기계를 들여놓아 찜 음식으로 야채도 육류도 해먹는 식성으로 변화한다.

전원을 끄고 생수를 가득 담아 놓은 미니 냉장고에는 국수만 먹고 사나 할정도로 다양한 국수가 가득하지만, 점점 국수 대신에 장국이나 수프로 식사를 대용해서 운동하기 싫어하는 내 습관에 먹는 거라도 바꾸라는 신호를 보낸다.

컵 하나에 커피, 컵 하나에 수프, 컵 하나에 과일 주스를 생활화하여 물로 배를 채우는 것이 아니고 탄수화물 줄이기의 어려움을 세 가지 음료로 하여 미리 배를 두둑 채운다. 허리 둘레를 가늘게 하기 위한 세 가지 애피타이저는 효과를 보려는지 점점 아름다운 몸매가 될 준비를 한다. 세련된 공간에 세련된 몸매가 따라주지 않으면 공간이 답답해 부풀어지니 매일 그 효과를 위하여 싫어도 실천한다.

부엌을 끼고 기다란 복도를 걸어 나오면 스틸 재질의 네 개의 자석식 액자와 파일이 있는데 거기에는 사진을 붙여 "이런 삶을 추구하는 여자구나" 하는 것을 알아챌 수 있도록 그녀의 변하나 변하지 않은 일생을 사진으로 장식한다.

기다란 복도에서 가운데 정면을 바라보면 그녀가 가장 좋아한다는 뷰로식 탁자를 놓고 그 탁자를 중심으로 할로겐램프가 세 개 나란히 불을 밝히게 되어 있다.

꽃보다 나무라는 그녀의 나무 사랑에 맞게 뷰로를 열면 작은 나무가 그려져 있으나, 그녀는 가능하면 뷰로의 문을 내리지 않고 닫아둔다. 사람 사는 것이 똑같은 것이어서, 움직이지 않고 사는 듯이 놓인 그 자리에 모든 것이 그대로 있을 수는 없는 것이어서 가끔 흐트러진 상태가 되기도 한다.

샤워를 하고 나오면 젖은 수건과 샴푸와 향내 적은 바디 제품과 바셀린이 널브러져 있고 빗도 내던져 있기도 하다. 사람 사는 재미가 맛있는 음식 먹는 것도 아주 중요한 일이어서 한 달에 한번은 먹고 싶은 것을 먹는다 하면서 달별로 먹고 싶은 것을 해먹어 그 유명한 식기 브랜드의 큰 냄비에 도가니, 프라이팬에 지글지글 생선도 튀긴다.

다시 제자리에 둘 것, 다시 제자리처럼 장식할 것.

여자의 '사적 공간'은 그녀가 스케치북에 그려 놓은 여러 공간처럼 먼지조차도 잠깐 열어 놓은 문으로 밀려 나갈 만큼 군더더기 없이 산다.

삶은 어쩌면 더불어 사는 것인데, 그녀가 그려왔던 사적 공간은 너무 혼자만 꿈꾸는 공간은 아닌가 둘러본다.

무슨 상관이랴. 그녀가 좋다면.

무슨 상관이랴. 그녀는 그렇게 살고 싶다면.

여자의 사적인 공간은 어쩌면 남자의 사적인 공간보다 물건에 한정되어 꿈꾸는지도 모른다. 남자의 사적인 공간, 그곳에 놓여 있을 가죽 지갑, 면도기, 시그니처 향수들과 비교해본다.

여자는 보여주는 시각적인 공간을 지니고 살고, 남자는 느끼며 사는 감각적인 공간을 쌓고 사는 걸까? 저마다의 내밀하고도 사적인 공간을 그렇게 들여다본다.

물론 안식처가 주는 차이는 나도 모른다.

보고 싶으면

어두컴컴하게 불빛 하나 없는 그렇게 허전한 어느 밤이 오면, 내 안에 들어있던 그리움이 헤집고 나온다. 엄습한 고요 때문이 아니고 오래도록 마음속에 내재되어 잠재우고 있기만 하던 아득한 사람에 대한 뒤엉킴이다.

잊고 살았던 사랑이 아니라 꺼내들지 않았던 사랑이었다. 필요하지 않은 것 같기도 한 사랑이었다. 신경줄 온통 살아 움직이지 않아도 되는 '사랑도 없는 시간'이 얼마나 고요한가 말이다.

당신이 놓아둔 그 추억이라는 것이 별안간 머리부터 발끝까지 옮겨지고 있었다. 불빛도 없는데 별안간 흐릿하게 열이 올랐다.

꺼내들지 마라. 사랑 안 한 척하느라 많이도 애썼다. 그대 사랑의 모습이 너무나 한가롭기만 해서 사랑을 모르는 사람인 줄 알아챘다. 사랑이 없어도 살 수 있는 매정하기만 한 사람인 줄 알았다. 아니더구나. 정말 아니더구나.

그만한 불빛도 참아내지 못하고 그 가느다란 불빛마저 끄고 나니까 거기에 긴 시간 그런 사람이 있었는가 하는 아득함이 보였다.

그리움은 남았는가. 그리움은 말이 없어진다. 보고 싶었다고, 보내기 싫었다고 말하기 싫어서 당신 때문에 바싹 마르고 살이 말랐다. 내 사랑은 원체 당돌할 정도로 티를 내지 않았다.

사랑하여 그의 미쁨에 가슴 텅텅거리는 것도 보여주고 그가 내 사람이라는 것을 자랑하고 싶어 웃음이 헤프기라도 해야 하는데 우리네 사랑은 잡음이 없었다. 그리하여 당신이 내 손을 잡고 마음 편해 할 때도 그 마음이 들렸고, 내가 당신의 어깨에 기대어 아주 조금 눈동자를 돌렸을 뿐인데도 서로가 움찔 알아챘다. 당신과 나 사이에서만 아는 사랑이 보였다.

소중하고 소중했던 우리의 사랑이 차츰 거리가 생겼을 때 원도 없이 내 마음이 그동안 참으로 기분 좋았다는 것을 전하지 못해 미안했다.

가버린 사랑은 아니었지만 다시 돌아올 사랑도 아니었다. 새소리가 별안간 쏘듯이 지저귀면 그 제비처럼 철새처럼 돌아올 수도 있는 것인 줄도 모른다고 생각 한 번 하고 묵묵히 지나갔다.

안 오더라, 당신은 그대로 서 있었고 나도 못 가고 시간이 갔다. 그날처럼 당신과 내가 "보고 싶어"라는 말을 다시는 할 수 없을 것처럼 아주 쉬웠던 그 말들이 죽어도 못할 말처럼 아니 할 말처럼 숨을 죽였다.

독일 문화원으로 가는 그 길에는 유난스럽게 언덕길이 비스듬했다. 올라가 걸을까, 아니면 돌아서 건너갈까 고민해야 할 것처럼 많이도 걸어 약속 시간에 도착할 수 있었는데, 그 장소에 가는 것이 참 좋았다.

드레스 의상실이 있고 그 의상실에 옷들은 쇼윈도에서 작은 불빛 따라 흐르듯 아름답게 신부의, 공주의 옷이 되고 있었다. 짝이 되기 시작하는 연인의 만남을 판타스틱하게 묘사한 의상실을 나와 고급 중국집으로 갔는데, 유난히 등이 붉었다. 그 집에서 연인은 가장 맛있는 중국 냉면을 먹는다.

맛있어라. 처음 당신과의 식사.

거기서 당신이 기다리고 있었기 때문이었다. 거기에서 당신이 나를 기다린다고 굳은 약속을 했기 때문에 여름이 오지도 않았는데 나는 당신을 향하여 앞을 밀치며, 재면서 당신이 기다리는 약속이 있던 그 자리를 찾아갔다.

사랑할 수 있었던 시간에도 사랑할 수 없던 시간에도 그리고 더 이상 사랑은 내 것이 아니라고 여겼던 시간에도 그렇게 당신이 나를 부르고 있는 소리가 들렸다.

사랑은 그렇더라. 기억만큼이나 내게 아주 잘해주었던 당신은 희미해지지도 않더라.

나를 기다리며 먼저 와있던 당신의 그 기다림에, 별안간 마음이 보채서 뛰어갈까 조금 더 빨리 걸어볼까 하면서도 아무리 서둘러도 당신의 기억은 노랫소리처럼 퍼진다.

내게 불러주던 당신의 노래는 기억 속에서 음을 전한다.

봄에서 여름으로 가는 그 자리에 당신은 나를 맞이하기 위해 차를 갖고 나를 마중 나왔다. 나를 위해 그렇게 어느 장소에서 기다려주는 사람이 있다는 것이 신기했다.

'저 좋은 사람이 나를 위해 왜 그리 정성을 들이며 기다리는가.' 하며 고개를 기웃거리며 당신을 뜯어보기도 하고 멀리서 가까이서 당신의 표정을 살피며 "진짜로 나를 사랑하는 것 맞는가"하며 하나하나 세포를 짚어보는 우리들의 첫 시작은 어느 날 자리를 옮겼다.

왜냐하면 사랑 자체로 다하지 못하는 내 사랑의 책임 때문이었다. 나는 사랑 자체로만 존재하는 것이 못마땅했다. 어찌하여 함께 살 사람과만 사랑을 해야 되는가 하며 우리를 멀어지게 했다.

'그냥 한 번 살아볼까?'

물론 그런 생각도 했다. 그런데도 엇갈리더라.

손을 맞잡고 뒤로 뒤로 걷던 우리에게는 앞날도 있었다. 만나지 않고서는 못 배길 것처럼 사랑의 연습들을 하고 있는 나날들 속에 별안간 멀어지는 타인이 느껴지기 시작할 때마다 당신은 그렇게 말했다.

냉정해지려고 잠들어 버렸으나 여전히 노곤하게 잠을 깨고 베란다 문을 활짝 열고는 덜 깬 잠에서 어제 보고 싶어 했던 어제 그리워했던, 한 사람에 대한 생각을 했다.

사람을 사랑하는 것이 그런 것이라는 것을 알려 줘서 고마운 이여. 사람이 나에게 안부를 물어줘서 헛헛하지 않은 것이라는 것을 알려줘서 고마웠던 이여.

사람이 해주고 싶은 것을 양껏 다해주면서 더 해주지 못해 미안해하는 것을 보여주며 사랑이 그런 것이라는 것을 깨닫게 해줘서 고마운 이여.

아마도 당신 때문에 나는 사람이 '사람에 대한 마음이 이런 것인가' 하는 것을 배웠다. 말하자면, 그때 당신은 내가 원하는 사람이 아니었다. 나의 거대한 폭풍우 같은 야심에 걸맞지 않은 사람이라는 것을 당신도 나도 알고 있었다. 그런데도 당신은 나에게 왔다.

아무렇지도 않은 듯이 "좋아서, 당신이 좋아서 오는 거야" 하듯이 재고, 생각하고, 애쓰고 하는 연인들의 사랑처럼 오는 당신이 아니었고 자꾸 만나고 싶어져서 "너를 만나러 온 거야" 하면서 내게로 왔다. 자꾸 만나고 싶은 마음이 며칠 전부터 생겼는데 "만나야지"하면서 지금 그 마음으로 "너를 만나러 오는 거야"하면서 자연스럽게 왔다.

처음에는 당신이라는 사람이 동성인가 할 정도로 편하게 와서, 나는 연인들의 사랑에 의구심이 들 정도로 편하게 대했다. 나를 보러 와서 차 한 잔 마시고 "어때?"하면 "그랬어"하고 차를 마시고. 자동차 클랙슨 날리며 그 운전 잘하는 솜씨로 가는 그 사람이었다. 가끔 그렇게 나를 찾아오던 당신이라는 사람은 기다려지는 사람이 되었다. 기다려지는 사람이 되니까 안 보면 생각이 났다.

내 책상에 앉아 궁리를 할 때도 나의 몰입에 들어와서는 혼돈을 주고, 밥을 먹을 때도 나물 반찬에 당신이 같이 먹으며 국물 떠먹으라고, 거리를 걸을 때는 더욱 다가와서 내 옆에 있었으면 하는 생각을 하게 했던 당신이여. 좋아지면서 당신이 나는 조심스러워지더라, 사랑의 깊이다.

보고 싶으면, 당신도 나처럼 보고 싶으면, 대단한 마음을 갖고 온갖 것들을 다 가진 듯이 자신만만한 당신으로 돌아서라. 마음에 배짱까지 겹겹 더해 머쓱해할 것 없이 오직'보고 싶어' 하는 그 마음 이겨내지 못한다는 마음으로 달려와라.

나를 웃도록 하고, 가끔은 나를 심술 나게 하고, 가끔은 나를 뛰며 살게 했던 마음으로 이끌어 주던 선한 당신이여. 보고 싶으면 당신 마음 하나 갖고 내마음 생각하며 그리고 양손을 펼쳐 내게 오라. 나는 조금도 주저 않고 당신을 안아주리라.

상그리아 한 잔 만든다.
얼음 잔뜩 풀코스로 진액 듬뿍 넣는다.
내 잔에 얼음 짙어지면,
당신 잔에 있던 그 그리움 밀어친다.
사랑은 잊으면 잊혀지는 것이라고 다짐한다.
사랑 하나 감당하지 못하는 나는 싫다고 못 박는다.
원래부터 고독한 인간이라고 다시 알려준다.

딩동, 당신이 벨을 누른다.
보고 싶은 당신께서 보고 싶어 하던 나를 위해
여름나무 들고 오신다.

꿈같이 살고들 있네

당연히 대단한 것이 아니지, 그깟 것이 뭐가 대단해. 당연한 것을 갖고 신경 쓰네. 그들도 세끼 먹고 너도 세끼 먹잖아. 그 사람도 하루하루 나이먹고 너도 하루하루 나이 먹고 있잖아. 불로초 질근 질근 씹어 먹는다고 민뻰뻰 얼굴에 기름 자르르 평생 갈 것 같지만 아니, 오히려 지나치게 번들거려 표정 안 살아나서 이상스럽다. 살펴보면 너무 좋은 것만 먹은 사람이 과도해서 더 빨리 늙는다잖아.

사람 안 같아. 사람이 사람 같아야지. 밀랍 인형처럼 표정이 움직이지 않고 행동이 이상하면 그게 뭔 사람이야. 웃을 때 웃고 기분 좋을 때 생기 넘치고 신날 때 가끔은 호들갑도 떨어주면서, 사람이 사람 냄새 팍팍 풍겨야지 뭔 사람이 그림 속의 기품을 가장하고 있어. 가면 쓰면 어지럽다. "어이쿠 가면도 좋은 거 쓰면 어지럽지 않아."

"고급진 가면, 어디 가면 살 수 있는데?"

"나도 모르지, 팔자 좋게 태어난 사람들이 알걸 아마."

"품격도 안 따지고 누구나 지불하면 살 수 있는 거라잖아."

고상 떨기 위해서는 아름다운 거처가 필요해. 고상한 행동을 위해서는 좋은 식재료 갖춘 음식이 필요해. 고상한 삶을 위해서는 갖춰진 사랑하는 사람이 만져줘야 해.

빡빡머리 엄청 드러나게 밀고 나온 율 브린너의 수다에 주변의 것들은 안 보이고 그의 불타는 권위와 드레스 자락 넓게 펴고 그 괴팍에 말대답하는 여교사만 시끌벅적하다. 영화 <왕과 나>를 보면서 잠시 잠깐 율 브린너에 솔깃한다. 그것이 꿈이라도 생시에 왔다가는 하루의 꿈이라도 한 번쯤 꿈꿔봤을 궁전의 삶 앞에 화려한 생활은 과연 다른가 하며 허세를 부려본다.

그러니까 우선 '아름다운 집'을 가져야 한다. 집의 거실이 엄청 넓어서 실내화를 신고 걸으면서 대리석에 고개를 숙일 때 그녀의 날씬한 선이 보일 정도의 아름다운 집이지. 실내등을 켰을 때 조명으로 그녀는 앞트임 긴 스커트를 흔들며 "오늘 반찬은 찌듯이 잘 구운 생선이 좋겠다고. 연어는 입에서 녹아나야 하는데 어제 것은 뻣뻣장 같아 신선한 횟집에 다시 부탁하라고."

운전기사 나갈 때 우리 신랑 편에 부탁한다는 것을 살짝 잊었다고 물컵 들고 왔다 갔다 각설탕 안 넣어도 맛있는 공간 속의 부유함이 밀려든다.

그 좋아하는 브랜드 '마르니 원피스' 공중에 끈 하나로 매달려 있는데 완전 고가라니. 품격 매만져 가진 그 시집 잘 간 아줌마 사가기 전에 외출 준비를 서둘러야겠다. 그러니까 신랑을 만나기 전까지는 몰랐는데, 재벌가 조금 근처에 가는 이 집에 시집오니까 변하더라고. 삶이 변하더라고.

"요것 봐라."

꿈이 그렇게 컸는데 왜 이러고 사느냐고 물어봐도 되는가.

"요것 봐라."

이런 발칙한 허황을 알고 있었는데도 참도 잘도 꾸려나가며 절약에 콧잔등 찌들어지게 평범한 생활에 허리 잘도 질끈 묶었네.

화장대의 그 립스틱은 백화점에서 파는 립스틱이 아니어서 언제라도 바르고 싶을 때 터지게 발라도 되는 저렴한 립스틱, 뿌려대는 미스트 뿜지 않아도 피부 좋게 태어난 나에게 허영기 묻혀낸 영양덩어리 화장품.

슈퍼를 돌아보다, 조금 덜 싱싱한 어제 과실들 싸게 파는 것을 보고는 매일 과일과 케일 갈아 먹는 것도 돈깨나 드니 이것마저 만졌다 놓는다.

누렁소집의 한우 먹고 싶네, 진주 품은 해산물집 간장 게장 먹고 싶네 하다가 외식을 해본 게 얼마 만인가 하며 애간장 녹게 추어탕이라도 먹어보고 싶어진다.

"사는 게 그런 거지 뭐. 그렇게 사는 사람이 더 많아"

아이들의 먹거리도 아껴야 하는 사람도 많고 대학 보내기 힘들어 숨 막히게 돈 벌어 손이 말도 아닌 싱글맘도 많은 세상에, 무너지는 마음에 무슨 귀족의 병풍 들여다보기냐고, 해까닥하는가 한다.

당신에게 시집온 나만 이렇게 사는 것이 아니고 내 친구도 그러고 살고 있고 우리 옆집 언니도 그렇게 받아들이고 살고 있어. 그러다가 아이를 낳아보면 더 재미있고, 더해 아이가 내 꿈을 실현시켜주는 경우도 있어서 자식 하나는 무척이나 닦달하며 키운다.

"나도 드러나야 하잖아. 내 인생에는 드러나지 못했더라도. 나도 드러나는 무엇인가 있어야지, 난 드러나고 싶어."

세상 삶이 다른 것 같아도 인생에서 웃고 울고 환희와 절망을 맛보기는 마찬가지이리라. 헌데도 우리는 가끔은 꿈을 꾼다. 그것이 설사 허황된 꿈이라도 꿈꾸는 동안 너저분한 삶에 대한 보상이라도 받듯이 살그머니 다가간다. 얼마나 좋은가.

꿈같이 살고 있는 사람들을 보면서 나도 행복한 무엇인가 하나를 탐색해 보는 것은. 그것이 물질이든, 사람이든, 기약이든, 그리고 꺼내 들지 않을 바라만 보다가 삼켜버릴 것이든. 기억이든!

꿈같이 살고 있다고 비치는 그대들에게 묻는다. 정말 좋으냐고. 정말 행복하냐고. 누리고 있다고 생각하냐고. 아니면 이미 이 정도로 사는 것이 아주 자연스럽다고 태평성대를 이루는가.

인적이 드물고 벽은 높고 건너마다 경비시스템과 보안등, 철저한 보안 속에 문이 열리면 찬란한 차가 쓰윽 주차장으로 들어가고 철커덕 잠기면, 실내로 들어가는 동안 집안에 인기

척조차 없는, 적당히 눈 내리깔고 있는 몸짓으로 웅장한 집은 한적하다.

나불대지 않아도 이미 다들 부자인 줄 아는 그들은 한 집 건너 한 집마다 최고라고 불리는 명성과 재산에 진정한 삶의 고민이 사람과 사람 사이에서만 일어나고 있는 것이 아니라고 생각하는 날도 있으리라. 이층 창문을 잘 열어 보지도 않겠지만 그 창문으로 보이지도 않을 판자촌 집의 식구들이 이래서 저래서 오늘은 버거웠다는 소리에 눈꺼풀을 한 번 더 늘리고 있을 줄 모른다. 자신과 다른 고민에 이해를 못 할지도 모른다.

그런데도 인간이라서 장자의 고뇌하는 인간 맞더라. "꿈같이 살더라"하는 그에게도 심줄을 타고 내리는 삶의 무료함이 있더라. 삶의 무료함이라니. 그럴 시간에 내쳐 잘 시간이라도 남았으면 하는 이가 저쯤에서 어둠을 가르고 있다. 꿈같이 살고들 있는 타인에게.

"술은 그득히 채워야 맛이지."

"맞아 맞아. 돈도 채워야 멋나지."

더 이상 준비할 것도, 너무 늦었다고 '그동안 시간만 갔네' 하면서 불현듯 허허로워도 금주를 외치던 싸매어 놓았던 술잔 꺼낸다. 러시아의 추위 속에서 그 한 모금 적셔주는 보드카 플라스크를 열어 입김 분다.

"어차피 꿈같이 살더라." 자체가,

삶은, 인생은 꿈이더라.

허공을 잡는 끈

천칭에 올라앉아 가장 가운데 자리에 중심을 잡아 다소곳이 앉으면 잘 올라갈 수 있을까요. 천칭 아시죠? 쇠로 밑받침을 하고 양쪽으로 쇠살을 묶어 그 가운데 줏대로 처지지도 기울지도 않게 묵직한 추로 무게를 재는 천칭. 조금 엄밀히 말하면 무엇을 올려놓아도 정확한 눈금으로 정확하게 숫자를 재는 천칭.

아무래도 천칭보다는 내가 다시 만들어야겠습니다. 그렇다니까요. 내가 만든 것보다 더 정확하게 보이지는 않아요. 내가 만들면, 내 손이 평평한 곳에 안착하도록 수평을 만드니까요.

난 이렇게 만들고 싶었어요. 그러니까 가운데는 폭신하게 안온하게, 약간 가운데 내가 앉을 자리를 볼록 올라오게 해서 내가 앉아 치마를 넓게 펼치면 가득 요람 같은 그 공간이 편안해지는 그러한. 천칭보다 내가 도안한 이 멋진 채롱은 어떠신지요?

뭐라구요? 당신은 다른 것을 추구하고 있다고요? 그럼 이건 어떤가요? 직사각형의 쇠철로 이어 만든 요람인데 차가운 철사의 느낌보다 조금 따사로운 느낌이 들도록 나무로 채롱을 만들어 하늘에서 들어올리면, 이리 쏠려 저리 쏠려 부딪혀도 오히려 아프지 않고 깔깔깔 웃으며 모퉁이마다 부드러운 내 요람.

물론 저도 갖고 싶긴 하지만, 제가 원해 만들었지만, 혹시나 원하신다면 양보할게요. 아주 조금만 양보하는 것이니 내일도 또 타고 싶다고 하지 마세요.

하늘을 날아보세요. 직접 타보니까 어지럽기는커녕 재미있어 어쩔 줄 모르겠다고요? 그럴 줄 알았다니까요. 내가 심사숙고 끝에 만든 내 요람이에요.

처음에 그 요람을 만들 때 나는 자전거를 먼저 타보았는데, 자전거 뒤에 한 아름 과일수레를 만들 것처럼 과일을 가득 실었지요. 앞바퀴를 직각으로 올려 하늘을 빨리 올라갈 생각을 하다 보니 뒤에 실은 과일이 떨어지고 말았어요.

'아이쿠 어쩌나' 하면서 자전거를 세우고 과일을 줍고 뒷바구니에 싣고 서둘러 하늘을 향해 운전하려고 했더니, 떨어져 있던 마저 다 줍지도 못한 과일 잎들이 나를 신경 쓰이게 하는 것이었어요. 꼭 있다니까요.

잎사귀를 그대로 놔두고 가기에는 너무나 싱싱했어요. 마침 담겨진 바구니의 과일들도 잎사귀들과 같이 있을 때 더 보기 좋아 잎을 바구니에 다 모아 담았어요. 손바닥으로 쓸어 담았더니 약간 내 손이 긁혔지만 어쩔 수 없지요.

가끔은 더 잘하려고 한 것이 오히려 나에게는 힘든 일이 되기도 해요. 대뜸 왜 떨어진 과일은 주워 담으면서 남아 있는 잎사귀는 안 줍느냐고 묻는, 헛돌아가는 자전거 뒷바퀴의 질투에 나는 최선을 다했다니까요.

그런데 최선을 다한 내게 자전거는 움직임을 더디게 하며 앞바퀴를 내가 원한 방향으로 몰지 않고 전혀 다른 방향으로 트는 것이었어요.

내 마음이 어떠하겠어요. 네, 내 마음이요.

나는 무엇보다 내 마음이 중요하지요.

글쎄 당당한 샤넬은 자기가 차지해야 할 자리까지 일부러 콕 집어 원하는 위치를 정해서 자기가 머물 장소를 위풍당당하게 꼬집어 그 자리를 버젓이 차지한다고 하더라고요. 잘난 척을 안 하는지 알았는데 모두가 갖고 싶어 한다는 것을 알았나봐요. 어찌 알 수가 없었겠어요.

쇼 윈도우를 지나가는 사람들이 잠시 머물다가 들어갈까 말까 망설이다 틈새로 보이는 샤넬 직원의 고려하는 눈빛과 마주친다.

얼른 들어가서 서면 샤넬 매장의 익숙한 명품이 위력을 발휘하기라도 하듯이 마냥 신비로운 톤일진대, "말로 할 수 없는 기품 있는 향기는 뭐지?"하면서 백도, 옷도 가격만 본다.

그 정도의 가격이야 나는 감당할 만큼이라며 목도 가누고 이마도 내비치면서 발걸음 내쳐 나온다. 뾰족구두 안 신었는데 왜 이렇게 신발 굽이 높았는지 또각거릴까 봐서 뒤꿈치 살짝 든다.

내가 입은 옷도 블랙이고 코코 샤넬의 옷도 블랙일진대, 왜 고상과 세련 사이에서 수수함을 벗어나지 못하고 우중충한 검은색 옷에 주눅이 든단 말인가.

허허벌판에 세워 놓아도 단연코 기죽을 일 없는 생떼 같은 겉치장은 블랙스완의 눈물겨운 몸부림조차 이겨낼 기세였는데, 진하디 진하게 칠한 마스카라 자국이 눈물보다 더 진하게 흘러내릴 때, 눈이 아픈 건지 눈이 찔린 건지도 모를 만큼 판단이 안 서도록 모르는 것이 많은 시간이 내게도 있었다.

내가 아는 나와 타인이 아는 나와의 격리 사이에서 나는 적어도 저변에 깔린 것만큼은 지켜보려고 무던히도 애썼다.

당신은 어떤가. 우리만의 시크릿처럼 누구의 삶인들 보이고 싶지 않은 구석이 없겠는가. 다만 같은 어두운 색이라도 당신이 입은 옷이 코코 샤넬의 그 세련된 자태처럼 그렇게 보이길 착각 속으로 이끈다.

착각이라도 해서 기분전환으로 다시 살아갈 삶의 나침반을 받아든다면 나는 그런 식으로라도 당신이 생각의 전환을 하길 바란다.

처음부터 명품이 어디 있겠는가. 살다 보니 명품도 되고 진품이 되더라 하더이다. 이미 명품인 당신이 가끔은 명품스럽지 않을지라도, 적어도 지금 내가 누리고 있는 삶의 고마움을 따져보면서, 잠재된 삶의 현기증 앞에서 다시 일어설 뿌리 하나 만나길 바란다.

그래도 세상은 진지하다. 가진 재산을 거의 기부하는, 마크 저커버그의 기부 앞에서, 기부하고 싶지만 그만큼을 갖지 못한 내 인생을 보잘것없어 하지 말자.

하늘을 올라가는 멋들어진 내가 만든 천칭의자에서는 다 똑같더라. 다 같은 삶을 살고 있더라. 비밀스럽게도 내가 만든 중심으로 세상이 돌고 있더라.

마치 아무 일도 없었던 듯이 우리는 그렇게 만만하게 놓지도 못하고, 놓아버리지도 못하고 목젖에 꼴깍 침을 삼키면서, 여기까지만 하고 참아낸다.

너에게도 나에게도 우리에게도, 실컷 잠을 자고 나면 언제 그랬냐는 듯이 훌훌 털고 일어날 것처럼 못내 끙끙 앓다가 여러 번 놀라기도 했던 삶의 윤기 다가온다.

허공을 잡는 끈은 지금 하늘을 날고 있다.

하늘을 날아 보니, 넓더라. 다르더라.

또 별스럽더라.

허공을 잡는 끈은 그림자 되어 그리 말한다.

아무도 네 삶을 질투 안 할 테니,

동아줄 잡듯이

행운도 잘 챙기고 착각도 잘 챙기고,

당신이 좋아하는 그 사람도 잘 챙겨라.

고독을 부르는 취향

혼자서 술 드셔 보셨어요? 혼자서 밥 먹어보셨어요? 그것이 어찌 오늘에야 생긴 변화된 날의 새로운 문화라고 실감나게 말하십니까.

하여 칸막이로 된 라면 식당을 대단한 식당처럼 알리고, 벽보고 곰살맞게 꾸역꾸역 밥 먹는 자리 차지하는 사람을 완전 혼밥감이야 하는 것은 당신의 착각입니다.

그것은 오래전에 이미 진행되고 있는 일이었습니다. 과거에는 자신 있게 말하지 못하며 혼자 즐기고 있던 것이고, 오늘날에는 아무렇지도 않게 받아들여지니까 자연스럽게 말하는 것일 뿐입니다.

"나도 그게 편해."

원래부터 참 편한 것이었지요. 네, 고독을 즐기는 것 맞습니다. 저는 고독을 음미하듯이 먹습니다. 머리 위로 휘황찬란하게, 조명등 은은하게 켜진 어렴풋 저쯤의 와인잔에 내가 마시던 술의 양 재지 않고 keep하며 비싼 와인 마시고 맡겨두고 갑니다. 생각나면, 분위기 진득하게 잡고 나 혼자 술 마시고 싶을 때 "다시 찾으리"하며 페닌슐라의 술, 와인 창고에 내 와인 놓고 갑니다.

주거니 받거니 하면 진작에 다 마셔 버렸을 와인 그윽하게 섭씨 15도에서 차갑게 재워 간직되고 있습니다. 나만의 와인이 보관된 와인장 위치는 슬슬 조명등 따라 줌인 들어갑니다. 바텐더 안심하라는 눈인사 없이도 와인은 또 다른 나의 고독을 삼키고 있습니다.

딸기코는 정말이지 그 할아버지의 술 습관 때문인지 점점 붉게 올라오고, 마시다 만 소주 고개 마루 가게에 쟁겨 두고 꽉꽉 잘 막아두라고 하며 걸음 비틀 아내 있는 내 집으로 향합니다. 어디서 고주망태 되어 왔냐고 쫑알이 듣지 않을 할아버지의 혼술 냉장고는 단골가게 덕입니다. 모두가 오래전 있었던 문화입니다.

혼자 하던 일이 어느새 세상에 퍼져 지금의 트렌드가 되었다고 하니 새롭게 유행하는 사람들의 취향인가 합니다.

"뭣 하러 성가시게, 같이 번득여."

"혼자 먹고 혼자 마시고, 남으면 Keep! 좋잖아"

"인간은 사회적인 동물이다"라는 아리스토텔레스의 말을 빌리지 않아도 더불어 살아야 하는 것 맞습니다. 사회와 마주해 듣고 말하고 토의하고 새로이 받아들여야 사람답게 사람다운 삶을 사는 것 맞습니다. 더 발전하려면 당신은 사회의 무리 속으로 들어가십시오.

사람들과 어울리는 것까지는 좋은데, 도저히 사랑할 마음이 없는 사람과 합해지는 것이 아직도 어색하시다고 변명하십니까? 싫어도 하물며 귀찮기까지 해도 당신은 해야 합니다. 고독과 멀어지려면.

물론 고독이 나쁜 것만은 아닙니다. 하지만 적당히 싫어도 상대해야 당신이 진정 힘들 때 누군가 있지 않겠습니까. 그것마저도 필요 없다고요?

고독한 사람의 취향을 어찌 알겠어요.

"자, 그러면. 맘대로 고독하시죠."

곤충들도 아름답게 사랑하기 좋은 날,
도도함 아릿하게 접고 암수의 사랑에 바쁩니다.
지금 그들에게 고독은
한낱 하잘것없는 낯가림이라니까요.
사랑과 정을 약삭빠르게
구분해가는 사랑법은 못마땅하신가요.
사랑하지 않고도, 고독하지 않아도 되는,
사랑법은 있기나 한지요?

설령 그대를 사랑한다 한들, 비록 당신과 함께 한다고 한들, 딱 거기까지. 즐기십시오. 고독이 물러가는 소리 들리시나요.

부쩍 1인가구의 증가로 1인 용품의 판매 상승과 '나 홀로'의 멋스러움을 지향하는 생활 패턴이 비춰져, 오늘날 1인가구가 500만 명을 돌파하는 시대입니다.

맘에 안 들고 적당히 타협하는 삶 대신에, 그저 "나 홀로 번쩍이게 산다. 혹은 번쩍이게 살지 못할지라도 나누어도 해결 못하는 삶의 척박함은 나 홀로 감수하며 아주 간단히 산다"로 전환됐습니다.

우리나라 여성과 일본의 여성들이 아이를 낳지 않으려는 삶을 다룬 기사를 통해 자식 예쁜 것은 잠깐이고 그저 인생길 태어났으니 '멋대로 편하게 살다가' '거칠 거 없다'하는 인생관이 부각되고 있는 게 현실입니다.

허나 고독에 소스라쳐도 아무나 만나기를 거부하는 취향을 가진 당신의 그 거만한 "완전히 맘에 들어야 만나!"하는 아집을 건드려 볼까요.

설령 당신이 누군가와 만난다한들 뭐 그리 심각한 상황이 벌어지겠습니까. 당신과 차 한잔을 마신다고, 당신과 밥 한번을 먹는다고, 당신과 손 한번 잡는다고……. 무조건 거부하지 마시고 고독한 자의 취향에 느슨한 교감을 권합니다. 누가 압니까? 완전히 맘에 안 들었는데 그가 점점 좋아질지.

고독이 멈추고 있습니다.

남파랑빛 달개비꽃이 아직도 여름 문턱에 피어서 제자리를 지키고 있는 것을 본 어제와 달리, 오늘의 달개비꽃은 어느새 그 독특한 파랗다가 보랏빛을 함께 내는 세세한 빛을 감추고 사라져버렸습니다. 시들시들하던 더위에 지칠 때도 잘 피어 있던 달개비 꽃의 정체는 고독 따라 숨어버렸습니다. 때로는 당신도 숨어버리고 싶다고요.

아마도 당신을 조용히 기다리고 있는 사람이 많을 것입니다. 누군가가 기다려 주는 당신이 고독 속으로 숨어버리다니요. 아무나 고독을 흉내 내는 것은 아닙니다. 심하디심한 그만의 취향을 간직해야 합니다.

집착과 고집을 안아들고 사는 대단한 당신이 아직도 고독을 즐기고 있는 것은 그 심각한 옹고집보다 더한 당신의 취향 덕택입니다. 말하자면, 다가가지도 못하고 다가서지도 못하고 내내 기다리기만 하는 당신의 까다롭게 스미는 취향이 돌돌돌 뭉쳐져 있기 때문이지요.

화가 구스타프 클림트의 〈기다림〉이라는 그림 관람하셨나요. 고독한 자의 취향에도 기다림은 존재합니다. 대단한 사람을 기다리고 있기라도 하여 거부하고 또 거부한 듯 보이나. 이런 한마디 전하고 싶네요. 당신의 삶에도 웃을 일이 있어야 하지 않느냐고. 오히려 당신은 '고독해야 웃는다고' 정 떨어지는 소리 그만하길 고대합니다.

집착과 고집과 그리고 똘똘 뭉친 자기 세계가 전부인 양 당신에게 이 뜨거운 계절에, 야릇한 제안 하나 합니다. 고독한 취향의 당신께서……. 그래도 기다리는 그 무엇에 대한 한 가지 더, 사람과 만나면 다른 세계를 만난다고.

자 고독한 취향으로 담금질하고 계시는 당신, 준비되셨습니까. 아무도 없다고 말만 하시지 말고, 클림트의 기다림 속의 그녀처럼 고개 먼저…….

고독한 사람의 취향은 절대로 '내가 먼저 부르는 법'은 없는 세계에서, 네네 그럼, 자석처럼 끌어당겨 봅니다.

고독은 아마도 '기다리고 있기 때문에' 홀로인 듯합니다.

거두절미하고 취향 쌀쌀합니다.

부럽지는 않습니다

마주 바라보는 상대에 대해 부러운 마음이 있으면, 얼마나 마음이 불편할까. 마주 바라보는 상대는 있는 것 누리고 살고 있는데 나만 진흙탕이 되어, 가린다고 가려지지도 않고 지우려 해도 지워지지도 않는 모습이라면 그 얼마나 마음 서늘해진단 말인가.

허나, 참으로 다행이다. 부러운 마음이 생기지 않으니.

만약 부러웠다면 바짝 긴장했을 거야. 만약 부러웠다면 쳐다도 안 봤을 거야. 만약에 부러웠다면 진저리치며 궁리를 했을 거야.

어찌 부러운 마음이 생기지 않았는지 세상에 물어본다.

그건 말이야, 내 마음과 네 마음이 다르기 때문이지.

그건 말이야, 내가 바라보는 세상과

네가 바라보는 세상이 차이가 있기 때문이지.

삶이란 원래 다양한 것이라서 같을 수 없는 거야. 나도 좋아하고 너도 좋아하는 것도 있겠지만, 나는 싫은데 너는 좋은, 나는 별로인데 너는 하염없이 좋은 것도 있는 것이 세상살이란다.

"그래도 저기 저것이 더 좋아 보이면 어쩌지?"

좋아 보이기만 한 것이지 실제로 좋은 것은 아니란 것을 곧 알게 될 거야. 그렇구나. 그런 거구나.

담벼락의 끝 담에 작은 잎들이 무성하게 피었다. 새싹이었다. 누군가의 손에 심어지지 않은, 스스로 피고 지는 새싹들이 자기들끼리 열심히 피어서 지나가는 사람들의 발길을, 눈초리를 살피고 있었다.

굴다리가 그 사이로 널찍하게 자리한 건너편에는 트리처럼 작은 잎으로 세모 모양의 나무섬이 있고, 하늘 위로 뻗어 있는 나무와 화려한 꽃자주색을 더한 꽃도 늘어져 화사하게 몸자랑을 한다. 맑은 초록 잎이 싱그럽게 탐스럽게 무성히 자라 사람 키의 두 배 만하게 커다란 키로 하늘을 향해 몸을 뻗고 있다. 그 앞으로는 쌍둥 깍둑 나무 청소를 한 가지치기를 한 나무들이 보초처럼 지켜서 회색빛 나뭇가지들 사이로 보이는 봄꽃을 더 찬란하게 하고 있다.

물론 주변 담 밑의 새싹들은 그들을 올려 쳐다보기도 하고, 쌩하며 바람 날리고 가는 차에 의해 한쪽으로 몰리기도 할 것이다. 여리디여린 풀잎처럼 새싹은 흔들거리는 것도 자그마하다.

그런데도 저 높은 나무들의 꽃들이 부럽지 않다니 대단하다. “왜 부러워야 하는가?”하며 오히려 이상스레 묻는 듯하다.

생각해보면 새싹들 말대로 부러운 일이 아니다. 기온의 변화로 더 빨리 오고 있는 뜨거운 공기로 꽃들은 곧 질 것이고 하늘 위로 트리처럼 뻗은 잎들은 모양의 변화를 가지면서 새싹들보다 더 잎이 적어질 것이다. 자라나는 희망의 새싹들이 갖고 있는 그 미래에 대한 확신보다 벌써 커버린 상대의 나무가 뭐 그리 대단하냐는 관조의 생태이다.

그럴 수 있을까. 그런 시기를 견뎌내는 자생력은 어디서 배웠을까. 그것은 아무도 가르쳐 주지 않았다. 그래야만 살 수 있었고, 그렇게 참아 나가야만 새싹에서 가장 아름다운 잎이 날 수 있다는 것을 스스로 터득한 힘이었다.

동그란 화분에 보라색 팬지, 스위트 라벤더,

클리핑 로즈마리가 예쁘게 단장을 하고 눈길을 끌고 있다.

모아놓으니 서로 경쟁하듯이 뽐낸다.

뽐내는 데 능사는 역시 로즈마리이다. 어여쁘다.

보라색 팬지는 남보랏빛에 물감을 흘린 듯이

짙은 색으로 얄따랗게 잎을 팔랑거리며 둥글게 모여 있다.

"마음 가져가네, 매력 있게."

스위트 라벤더는 진초록 뾰족한 잔가지만 날날이 모여 있는데 꽃을 피운 라벤더보다 더 사람들의 코를 자극하며 산뜻한 마음의 동요를 잠재우는 향을 내민다. 꼬드기는 데는 명수다. 묘한 라벤더.

델피늄은 처음에는 무슨 꽃인가 했는데, 이 땅에 와서 화려하지 않은 꽃들 속에서 자신만의 색으로 여운을 남긴다.

무심코, 만져보고 싶다.

양손을 벌려도 될 만큼의 커다란 흙색 화분에 심어 세 모듬이 되어 내놓은 팬지, 라벤더, 로즈마리는 거리에 흐드러지게 피어 있는 그 꽃들과 달리 모셔다 가꾼 꽃모양 사람의 손길로 가꿔 이 거리를 안내하고 있다. 휘청이는 젊은이들이 벚꽃 구경은 하지 못하고 중간고사에 마음만 죽어라고 속이 타는 그들의 눈길을 위해 갤러리 앞에 크게 자리하고 있다.

내일이면 시들을 꽃 선물보다 실용적인 다른 선물이 좋다고 하기에는 무색할 정도로 거리로 나선 꽃들은 한 번쯤은 사랑하는 이에게 보란듯이 커다란 꽃 선물을 받아보고 싶게 하는 기쁨을 무진장 갖게 한다. 내가 준 만큼 돌아오는 것이 인생이고, 내가 정 붙인 만큼 너도 정드는 우리의 사랑 앞에 꽃다발은 그녀의 가슴팍에서 긴 시간 사랑의 기억으로 채울 것이다.

"내 사랑이 이 봄에 허락하였나이다.

내 사랑을 이 봄에 받아들였나이다." 하면서.

어쩌면 마냥 좋을 것만 같던 그 구애의 날들 앞에 놓인 첫 번째 인상 깊은 삶의 선물일지도 모르리라.

그 갤러리에서 전시되고 있는 그림의 제목은 〈꽃들의 약속〉이었다. 갤러리를 천천히 나오는데, 측은하게 봄비가 내리고 있었다. 봄비는 여름비보다 순하게 오는 듯하다. 아마도 꽃들의 꽃잔치 만개한 꽃잎을 위해 나긋이 내릴 수밖에 없는 하늘의 배려이리라.

봄비에 떨어진 꽃잎으로 다하지 못한 미련을 떨어버린다. 순조로울 것 같은 많은 일들이 가끔은 좀처럼 대답은 없고 아득해져서 걷고 걷다가 와버린 그림 전시장 앞에서 우산은 없었다.

순조롭다니, 생각만 해도 눈시울 어린다.

'얼마나 원했는데.'

비 내리면 당연히 펼쳐야 할 우산을 예고도 없이 맞이한 봄비 앞에 '그'라도 와서 우산을 펼쳐주면 슬그머니 못 이긴 채 그 우산으로 들어갈 텐데.

비는 맞아도 좋을 만큼 내리고 있었고, 비를 맞는 나는 내 마음을 이야기 할 누가 있을까 하나둘 견주고 있었다. 그 사람은 그래서 못 부르고, 그 사람은 그리하여 못 부르고, 그는 그렇기 때문에 못 부르고. 부를 사람이 없구나.

세상에 이렇게 많은 사람이 있는데, 이렇게 거리는 사람들로 가득 찼는데 부러울 것이 없는 내가 부러운 것도 없어 하는 내가 이 봄비에, 문 닫아도 들리는 차분한 봄비에 그 사람을 부르지 못하고 있구나.

삶이 나에게 가르쳐주던 것은 '의지하지 마라'였는데, 오늘 봄비에 내가 부러운 것이 사람이라니. 세상 천지에 가득한 사람이라니.

나를 건드리지 않고, 나를 귀찮게 하지 않고, 나를 피곤하게 하지 않는, 부스럭거리지만 귀여운 애견조차도 애정을 주지 않던 내가 부러워하는 것이 오늘, 이 봄비에 사람이라니.

참! 세상에, 특별하고 멋진 사람도 많은데, 내가 부를 사람은 순간 부러운 마음에 와서 차더라.

"와 정말 멋지다"를 자주 들어본 적 없는 새싹들이지만, 저 봄비에 흔들리는 심사처럼 그들은, 매번 그들에게 찬사가 쏟아지지 않아도 태연하다.

"제발 부러워 마시라. 순조로운 봄비는 멈춘다.

곧. 소리 없이."

간직해주고 싶었으나

혹시나 오실지도 모른다는, 모른다는 생각 때문에 준비하고 있었다, 준비하고 있었다네. 마치 아무 일도 없었던 것처럼. 아무렇지도 않았던 것처럼. 살짝 나의 눈치를 재빨리 살피고 와서는 "빨리 가야 한다."며 내가 좋아하는 어떤 것을 툭 던지고 가버릴까 봐.

나도 같은 마음으로 화해하고 싶었다고, 똑같이 왔으면 하는 그 마음으로 이렇게 많은 것을 준비하고 있었다고 보여주고 싶었다. 예를 들어 고추장에 국수 맵게 무쳐 먹는 것을 좋아하는 내게 양념장을 종지에 한가득 담은 매운 양념을. 과일이라고는 하나 먹고 마는 나의 건강을 위하여 그린빈스, 파프

리카, 바나나, 다듬어 썰어서는 찬합에 넣고는 시들면, 주스로 먹으라는 레서피까지. 국 없으면 밥도 못 먹는 살찌기 딱 좋은 밥과 국수만 좋아하는 식성에 맞게 감칠맛 나는 스지, 굴 몽글려 황태포 같이 끓인 국을, 주전부리라고는 생전 안 하는 내가 심심할까 봐 검은 콩을 볶은 것을… 이것만으로 어찌 나에게 고마운 사람이었던 것을 다 표현하겠니.

업고 감돌아 볼까. 아니면 어깨 두드려줄까. 그런 것을 해주고 싶어도 싫어할까 봐 못해줬다. 헤아리느라고 못해준 것이 참 많았다.

그런데 난 요즘 따라 동탯국이 먹고 싶은 것을 알지 못했구나. 난 동탯국을 먹고 싶은 마음에 전통시장의 흥정에 어떤 동태가 좋은 생선인지 몰라 그냥 와서는 소금에 멸치, 새우 조금 넣고 파 마늘 듬성듬성 넣어 끓여 마시고는 염분이야, 혈압은 어쩌지 하면서 걱정하는 너를 기다렸을 거야.

다시는 타지 않을지도 모를 놀이공원의 기구들처럼 난 많이 달라져 있을 준비를 했었는데……. 와서 원하는 것을 해줄 수 없었는지. 몰라서 그렇게 했을 거라는 것으로 이해한다.

아마도 네가 그렇게까지 갈등하고 있었는지 몰랐기 때문이라는 것으로 나는 그날의 그 행동을 그렇게 다 차분하게 정리했다. 온종일 "아무 말도 하지 마" 하고 외쳤다.

그렇지 않으면 내가 이성을 잃을지도 모르고 그 상황 앞에서 내 자존심이 겁도 없는, 굽힐 줄 모르는, 때로는 너무 새침한 상태로 스산한 기분으로 만들지 몰라 나를 일으켜 세우는 연습이었다.

아주 재주도 많고 많은 것을 갖고 태어났다고, 어쩌면 내가 갖지 못한 것을 많이도 가져서 그것 중에 하나를 뺏고 싶었던 그렇게 커다란 네가 뭔가 우울해지는 소리를 해서 이상했다.

그래서 내다보는 나는 더 속상했으며, 네가 밉기도 했으며, 너의 그 고통이 네가 만든 것이라고 생각해 소리를 질렀을 뿐이다.

"괜찮은 너니까 네 행복을 책임져. 책임질 수 있잖아."

어떤 소리를 질렀는지 너는 기억하는데 나는 기억조차 못 하리라고 생각한다면, 그것은 절대 아니다. 다만 아니었다는 잘못했다는 말 대신에 없었던 일로 아무 일도 없었던 것처럼 우리 다시 돌아가자는 의미였다.

자존심이 무척이나 상했던 네가, 먼저 화해를 하고 언제나 오던 네가 아무리 날들이 가는데도 오지 않아 그때 알았다. 끝까지 결국은 너를 위한 것이 아닌, 나를 위한 것으로 내가 참지 못해서 너의 그 마음에 상처를 주고 말았다는 것을. 그렇게 말해서 미안하다.

그냥 한 소리였다. 너는 늘 자신 있어서 끄떡하지 않으리라 믿었다. 떨어져서 지켜보니까 너에게도 맘대로 안 되었던 것이 상처겠구나 하는 마음이 젖어들었다. 간직해 주고 싶었으나 나는 노했었고, 너는 분노했다.

다시 우리가 그전처럼 간직한 그 마음처럼 사심 없이 무조건 기회를 잡을 수 있을까. 나는 절대로 네가 시련을 겪는 것을 보고 싶지 않았다. 너 같이 충족한 사람이 힘들어 하는 것은 받아들이지 않은 오직 네 탓이라 여겼다. 저, 가진 것 많게 태어난 사람이 왜 그런 작은 것 앞에서 그렇게 무너지려 하는지 지지대라도 있으면 들이밀고 싶었다.

가끔은 누구 말도 듣지 않는 고집으로 손해를 본다는 것은 알았다. 때로는 절대 누구의 생각을 개의치 않는 것 때문에 고집이 부러지는 것도 알아채고 있었다. 더하여 자기 마음대로 안 되면 타협 대신에 가만히 팽개쳐 손해를 보는 것도 알았다. 하지만 내가 보는 내 눈엔, 언젠가는 그것 이상으로 네가 책임질 것이라는 것도 알고 있었다.

꽃은 여름의 길가를 비켜내느라 무던히도 애쓰고 있다.

땡볕은 스며들듯 가까이 여름에게 다가선다. 반짝인다.

자신을 지켜보면서 열광했던 그 많은 시선을 다 놓고

적당한 것 앞에 놓인 그대가

지난날의 그대가 아닌 것은 아니지 않는가.

다 보고, 다 내 놓아도 그대는 여전히 그대다.

무엇과도 바꿀 수 없는 그대가 맞다. 친절하다고 생각한 나는 겁도 없이, 그대를 향하여 화를 벌컥 내고 해서는 말아야 할 말을 했던 것을 더는 되새기지 마라.

내가 했던 그대를 향해 했던 그 많은 칭찬의 말을 더 생각해라. 너는 아름답고, 만들기도 잘하고, 곱디고와 무엇보다도 사람에게 호감을 주지. 그 말을 했을 때 좋아했던 것처럼, 내 말로 너를 분노하지 않게 했던 날들을 떠올리면 다 너그러워질 수 있으리라.

너의 그 대단한 많은 능력이 녹슬지 않도록 행복을 책임지라고 그런 의미였는데 돌아설 줄은 몰랐다. 생각하니 허전했다.

"행복을 책임져야 해, 너답게."

간직해 주고 싶었으나, 간직해 주고 싶었는데, 그랬다.

비가 온다고 했는데 비는 오지도 않는 것처럼.

공원에 나홀로 앉아 있는 그 사람을 보면 왜 그렇게 아린 줄 모르겠다. 그가 누군가를 기다리고 있는지도, 아주 좋은 일 앞에 문득 앉아 있는 것인데 보는 이는 쓸쓸하다. 눈 다른 데로 돌려준다.

그의 앞에 무슨 꽃이라도 피워야 할까 보다. 꽃다지, 무관심이라는 그 꽃이라도 피울까 보다.

무관심해야 더 정확히 본다. 네 마음을 서툴게 읽어서 그랬다. 제발 맘에 들었던 나에 대한 마음 그대로이시라. 여전히 나는 너답게 행복을 책임져야 한다고 말하고 싶다.

등, 찬란한 등

하늘만큼 가지가 위로 하늘을 가지고 싶은 마음처럼 그 마음으로 솟아 있는 나무 위에 둥지가 지어져 있다. 새들의 둥지는 하늘 위에서도 지어지는가 할 정도로 튼튼하고 건재하다. 얼마나 갖다 모았으면 저리 움직일 수도 없을 정도로 내뻗은 나뭇가지와 나뭇가지 사이에 저들의 둥지를 만들어 놓았을까 한다.

쳐다보기만 할 수 있지 들여다볼 수도 없는 바라만 볼 수 있지 만져 볼 수도 없는 사랑은 불을 켜고 그들에게서만 빛이 난다.

사랑은 둘이서만 화끈하게 불 밝힌다. 나는 너만 보이고 너

내가 좋아하시는 님이 나를 좋아하시는 것을 확인했을 때
처음에는 마냥 좋았고, 다음에는 배시시거리며 좋아했고,
그 다음에는 더 좋아하게 만들고 싶게 좋았다.

는 나만 보인다. 그 찬란하던 우리들의 끌림 앞에 사사로운 타인은 아랑곳하지 않는다.

내가 좋아하시는 님이 나를 좋아하시는 것을 확인했을 때 처음에는 마냥 좋았고, 다음에는 배시시 거리며 좋아했고 그 다음에는 더 좋아하게 만들고 싶게 좋았다. 더 좋아하게 만들고 싶은 마음처럼 그것이 무엇인지는 몰라도 당신 마음이 닿을 때마다 속마음이 조금씩 흔들렸다. 그럴 때 당신은 부드럽게 왔다.

마음으로 당신을 확인하는 것도 모자라 귀에 대고 다시 묻는다.

"전부가 다 좋은 거 맞아?" 세상을 가진 것처럼 믿는다.

이제 그대는 나를 선택했다.

나는 그대가 손잡고 뛰면 그 손에 이끌려 같이 달려갈 마음으로 아주 가볍게 솜털 하나 흔들거리지 않게 마음을 더했다. 우리가 잡고 달려가는 그 뒤엉킴에는 별이 높지도 않고 달이 들뜨지도 않고 해는 아주 느지막이 뜨고 있었다.

닿는 곳이 그리고 마음을 확인하는 곳이 어디인 줄도 모르고 주춤 서로를 쳐다보다가 당신이 문고리 잠근다. 부끄러울 마음도 없이 당신은 신뢰를 앞세워 나날이 지켜주겠다는 약속으로, 당신의 그대는 그런 당신이 지금 얼마나 뿌듯한가 눈치 채며 같이 행복해 한다. 수줍을 틈도 없이 우리들의 사랑은 잠들지 말아달라고 채근하며 내 위에 그대를 그린다.

환한 조그마한 불빛이 비치면 약속하리만큼 마음 들켜버린 것이 보일까 그 불빛마저 가리고 싶은 이 밤에 당신은 내 사람 되어 온다. 움직여야 끌 수 있는 불빛을 누가 먼저 끄려는 사이도 없이 사랑에 바쁜 그대와 나의 살짝이 전등불 조명 조금 줄이니 부드러운 몸짓이 더욱 그림자 진다. 내가 당신의 마음을 그림자로 보고 당신이 내 마음의 그림자로 온다.

사랑이 오고 있는 소리 들리는가. 무수히 많은 초침조차도 매우 째깍거리고 시간에 시간을 더해 우리의 사랑은 움직이는 손마다 울렁인다. 좋아지는 소리 들리는가.

이 시간이여, 그대로 당신 손길마다 흡수되어라. 잊지 마시오, 절대로 잊지 말아주시오. 당신께서 나를 안아들던 이 사랑이라 모두가 말하는, 그대와 나의 밀어를.

밀어보다 더한 숨소리 다가오면 조용히 밀쳐내지도 못하고 찬란하게 밝힌 등.

수그러든다.

저고리의 치마를 옭아맨 그 자락을 여미며 보드라운 살갗을 보이기 전 당신도 나도 눈을 마주치고 내심 속살에 움츠러든다. 사랑한다고 사랑하였노라고 진정 느낀다는 진득한 애정 앞에 눈동자 바라본다.

시스루 블라우스 너머로 비칠 듯한 실루엣이 냉큼 한 잔의 시원한 차를 들었을 뿐인데, 그가 와서 그 잔에 부딪혀 녹아나듯 잔들은 모두 놓고 서로의 시간을 붙드는 사랑이 조심스럽게 서두른다. 둘의 온갖 마음이 집착한다.

그대와 내가 처음 말 걸었을 때는 상상도 못 하던 우리들의 사랑의 깊이는 이제 다 확인했다. 그 사랑의 시간들에 등, 우리들의 등은 밝혔다가 꺼졌다가 다시 조금 밝다가 어두워졌다가 아름답기도 했다.

처음 그이가 말을 걸었을 때 그녀는 한마디도 안하고 웃기만 했다. 왜 그런지 자꾸만 웃음이 나왔다. 새침을 떨지도 못하고 웃던 내게 "뭐가 그렇게 좋지?"하는 말을 던지고는 "좋은데요. 당신이 좋다구요"하는 대답을 원하는 것 같은 그는 가만있어 보라고 내 머리카락을 가다듬어 준다.

아침 산책길은 아무렇지도 않았다. 오히려 간밤에 마음을 들켜버린 듯한 시작하던 사랑보다 더 마음이 차분했다. 오히려 눈으로 말을 시키는 둘의 태도에서 더욱 잔잔한 행동들이 무르익어 갔다.

아침을 먹지 않고, 창문으로 보이던 간밤의 해 질 녘 풍경을 같이 걷고 싶어졌다. 둘이 걷고 싶었는데, 마침 일어나 그녀의 허리를 안아 장난하는 그가 나가자고 말했다. 배뚱뚱이 하던 그의 배가 웃었다.

밥을 먹지 않아도 배고플 것 같지 않은 우리들의 어젯밤과 슬슬 운동 후 허기진 식사를 해야 할 새날을 맞은 아침이다.

손잡고 걷고 싶어서 시원한 바람 머물러 쉬는 아사치마 입고 플랫슈스 가볍게 신고 여자가 먼저 나와 기다리는데 문을 밀고 나오는 남자는 그녀에게 모자를 챙겨 준다. 앞으로 모든 것을 그렇게 챙겨주는 사람이 되어다오. 제발.

여자가 신발을 신는 그를 물끄러미 쳐다보며 뒷걸음으로 천천히 걷고 있자, 그는 손을 뻗어 그녀를 잡는다.

'닿을 곳에 늘 그렇게 내가 닿는 곳에 있어라.'

좋은 사람인지 알았지만 이렇게 좋은 사람인지
그렇게 나를 매력적으로 빠져 들게 하는 사람인지 몰랐다.
사랑 하나만 믿고 따라가는 그 사랑이 무엇인지 오늘 새삼 안다.

빠져드는데 어쩌란 말이냐.
우리 사랑이여.

사랑하는 사람이여. 지금 우리에게 천 마디의 언약이 백만 금의 약속이 무엇 필요하단 말인가. 말이 무슨 소용이 있는가. 지나가는 스치는 것에도 "그러마" 하고 다짐했던 그대가 지금 내 곁에서 지탱해 주는 그것 말고 무엇이 더 절실하단 말인가.

믿음보다 더했던 좋아서 같이 있었고, 허튼 허망한 것이라 할지라도 후회하지 않을 사랑의 시간들 앞에서 더 좋았던 것은 당신이라는 사람이 참 좋은 사람이라는 것을 확인했기 때문이다.

초원에는 두 집을 짓고 있었습니다. 초원의 한 집에는 남자가 살고 한 집에는 여자가 살고 있었습니다. 사랑하여 합쳤습니다.

그 여자가 그 남사에게 존경하는 마음을 갖기 시작한 것은'내 힘으로 안 되는 것을 그가 해준다는 것'을 알기 시작한 그때부터였습니다. 나는 할 수 없는 것을 그는 해주는 사람이었습니다. 참 잘도 해주었습니다. 그 집 앞에는 그가 만들어준 상상할 수도 없는 보물들이 가득 채워졌습니다.

엇갈린 마음이 있다 한들

크낙새 크낙크낙 소리치고, 발 큼직하고 우직한 코끼리 움직임 보폭 너무 커서 주름진 발 보며 우르르, 바라만 봐도 주눅 드는 지금 이 순간, 걷는 코끼리는 얼마나 무겁겠습니까.

당신은 어떠하십니까. 당신은 안녕하신지요. 그리하여 당신은 지금 만족하신지요. 잠 못 드는 밤 옆으로도 누웠다가 다시 돌려 정방향으로 누웠다가 다시 일어나 "뜨거운 우유가 숙면에는 좋다지"하면서 우유 데워 한잔 마십니다. 우유결 뜨거운 온도에 응고되자 다른 얼굴을 하는 것에 어느새 위에 부담 가 또 잠을 못 이루고는 결국 잔 바꿔 마실 기미도 없이 슬그머니 일어나 앉아 즐비하게 병만 늘어놓았던 과실주 병

속에서 한 병 꺼내 쪼르륵 따릅니다.

물잔 가득히 첨벙 따르는 내 잔은 넘칠 줄도 모르고 흡수됩니다. 어차피 인생이란 가던 길 계속 갈 수밖에 없습니다.

끈질긴 삶의 여정에서 여기서 놓아버리면, 지금까지 해왔던 것이 허사가 되는 그 무모하고 애처로운 모험은 하지 않습니다.

가던 길 가다가 '그 길이 아니다' 고 생각하면, 어쩌란 말인가 투정 대신에 그래서 "어떻게 하면 가능할까"하면서 쌈질 못하는 마음을 순하디 순한 마음에 꼬챙이 꽂습니다.

젊은 날에 직장을 다니면서, 모든 것이 우월했던 그 사람은 일도 잘하고, 평가도 좋고 더하여 승승장구할 것만 같았습니다.

그도 그럴 것이 그는 학창시절부터 인정받았고 모두가 그의 능력을 믿어 의심치 않아 어디를 가나 그가 나서면 틀린 구석이라고는 없는 것처럼 만사형통이었습니다. 바라보는 나의 눈에도 그는 엘리트였습니다. 사람을 평가하는 수많은 구석을 돌아봐도 그는 역시 엘리트였습니다.

지금쯤 그 사람은 어떤 사람이 되어 있을까 궁금해지는 잠 못 이루는 밤에 나를 알던 누가 그를 알고, 그 역시도 나를 아는 사람들을 생각합니다. 이렇게 좋은 세상에, 이렇게 다양해진 세상에 그는 내가 기억하는 사람만큼 명성이 자자했다면 그를 찾으면 금방 알 수 있을 텐데, 그는 우리의 예상과 달리 그리 유명한 사람이 된 것 같지는 않습니다. 아무리 그의 명성을 검색해도 그는 나오지 않고 아무리 미디어의 각 분야 전문가를 찾아봐도 그는 없습니다.

내가 우리가 그는 반드시 그렇게 거대한 사람이라고 생각되었던 그 사람은 아마도 적당히 평범하게 그리고 아주 안전하게 이 세상을 살며 사람들의 입에 오르내리지 않는 삶을 지향했을지도 모릅니다. 아니면 가장 적당한 삶을 선택했기에 이 말 많은 세상에서 구설수 없는 그저 한 사람의 남편으로, 아버지로 희끗 염색한 머리로 젊은 날의 그 명성이'한낱'이라고 말하며 안분지족한 삶을 누리고 있을지 모릅니다. 아니 내가 좋아하는 사람이 내 앞에 있으면 됐지 풍파도 맞는 온갖 잡음의 유명인이 되어 뭐가 그리 좋겠습니까? 가만 놔두십시오, 그냥 살다 가렵니다. 노곤하고 싶지 않습니다.

그러니까 거의 20년 만에 작가협회 연말 모임에 들어서다 만난 내 젊은 날을 기억하시는 선생님께서 나와 눈빛이 마주

쳤다. 모른 척하고 지나가려다 인사 후 "저 아세요? 선생님" 하고 묻자 선생님은 "내가 모르면 사람이 아니죠"하시면서 나의 인사를 받으신다.

선생님의 반응이 너무 놀라워 모두의 기억은 절대 거짓말을 하지 않는다는 것을 알았다. 그러니까 선생님과 알고 지낸 지 20년 세월을 넘어섰건만 한 번도 스쳐 가는 시간도 없이 그도 나도 소속해 있는 협회 모임에서 오늘에야 만났다.

어쩌면 조금 더 적극적이었다면 서로가 연락할 수 있었고 1년에 한 번 하는 작가 시상식을 통해 만날 수 있었는데 그냥 조용히 살고 있었는지 모른다.

"제가 모르면 사람이 아니죠."

참, 작가의 언어로 말씀하신다.

스페인하우스라는 방송 일을 하는 사람들이 자주 드나들던 그 명소에서 만났던, 선생님은 특이한 선 굵은 인물을 창조해 내는 분이셨다. 수많은 배우와 작업을 하시면서도 나를 후배라고 가르쳐주시며 내 이름을 따뜻하게 불러주시던 사람.

나뭇가지 온갖 실내의 천장을 뒤덮어 넓은 가지에 머리가 가려질 정도로 축 늘어진 실내 분위기는 탱고도 샹송도 아닌

연신 두들겨대는 소리의 그 스페인의 투우장보다 활기찬 레스토랑에서 자리를 옮겨 장르를 달리한 예술가들의 주점에 들르면 다시 만났던 사람들.

이쪽에서 막걸리 앞에 놓고 얌전히 지나치게 다소곳이 앉아 조심스럽게 겨우 한 잔 들이키는 나를 향해 "한아, 이리 와서 한 잔 해라. 한아." 나를 불러 주던 고마운 내 젊은 날을 아시는 선배님.

방송 일을 대처하는 법을 그리도 잘 일러주시고는, 술 안 따르는 나를 먼저 아시고 술 좀 따르라는 말도 없이 주거니 받거니 같이 온 예술가와 드시더니 내 잔에도 따라주시던 분. 그분께서 오늘 이 시간 많이 변한 나에게, 당연히 기억하고 있다는 말을 그렇게 응하셨다.

그래, 내가 기억하는 것을 어찌 나를 알던 당신이야 기억 못하겠는가.

우리가 지속적인 연락을 하면서 참으로 친한 인생의 인연을 깊고 깊게 가졌더라면 선생님의 주름살이 그리 굵은지 몰랐을 텐데. 나 역시 이제는 젊은 수줍기만 하던 내가 아니어서 세상사에 많이 변했으리라 하며 인사드렸다.

인연은 어디까지 정도가 있는 것이고 인연의 강은 어디까지 선을 긋는 것이기에 작품마다 히트했던 선생님과 내가 이리도 긴 시간이 돼서야 만난단 말인가. 그 시간을 몰랐던 마음으로 이야기 하고 있구나.

높은 빌딩들이 더없이 올라가고, 상가마다 작은 가게들이 자신의 물건들을 끌리게 어필하는 이 작은 어귀에서, 비싼 악기들이 제소리에 힘을 내는 고르고 골라지는 엇갈려서 더는 더 이상은 못 만나고 모르는 듯 모르게 가던 시간 속에 우리가 만났구나.

선생님께서 오시는 줄도 모르고 나는 눈 마주친 고야드인지 꼬야드인지 꼬꼬야드인지 하는 쇼퍼백을 들고 가고 싶은데 하면서, 지장은 건방졌는데 정말이지 오랜 그분을 만날지는 몰랐던 지금이더라.

다시 만나서 반가웠소. 다시 만나니 젊은 날의 나로 돌아가는 것 같았고 삶이란 회전하는 거라서 떨어진 한 톨에게도 넉넉해야겠다는 마음이 들었다.

엇갈려서 아쉬웠던 것은 그때뿐이지 다시 온다. 순례처럼,

다시는 내 것이 아닐지도 모를 것들도, 어쩔 수 없이 가야

했던 당신도 어쩌면 우리는 기억하는 그 과거의 상념을 틀어 올린 채 살고 있는지 모른다.

어찌 마음속에 담고 있는 것을 다 말하겠는가.

작은 잔에 꼴깍 넘기고는,

"넘어가 넘어가는 거야. 지난 것은."

말도 없이 그저 침묵으로, 머리 잡아당기며 정신 쭈뼛한다.

한참을 못 봐서 많이도 궁금했고. 어찌 사는지 묻지도 못하고, '그런 사람이 있었지' 하고 사무쳤다고. 혜안에.

"그래요. 그 사람이 있었지요. 엇갈린 마음이 있었던들."

아스라한 분이시여, 예술이여!

우울하죠. 나의 성공은 어디쯤 자리하고 있을까요. 대기만성 싫다니까요. 빨리 가장 싱싱한 시절 행복하고 싶다니까요.

"내 작품 가격 물어보셨나요. 글쎄, 계약서 사인할까요?"

"작품 영상화되면 더 퍼펙트! 작품이라고 말씀드렸는데요. 흥행하면 더 얹어주실 거죠?"

"예술 하느라 많이 애처로웠습니다."

우울한 당신께서 애련한 모습으로 그야말로 흐릿한 조명발에 턱 괴고 있다면 누가 믿겠는가. 원래 예술이 그런 것이다.

100배절.

허울진 굽이굽이 산 넘어 산인 예술이라는 것이 인정을 받고 유명세를 치르기 전까지 엄청나게 고난의 시간을 감내해야만 하는 것이 예술의 고단한 얼굴이다. 하여 딴따라 하면서 놀기 잘하고, 재주 많고 더불어 흥까지 있는 그 재간꾼이 빗자루와 야외 촬영 때 반사판 들면서 무대 밖의 조명을 비추이고 있지 않은가.

회당, 지나가기만 해도 몇백 만 원을 챙겨 받는 그 탤런트의 얼굴값과 간판에 자신의 얼굴만 걸어놔도 계약금 1억을 받는 별세계와 달리 소위 예술이라는 명명 하에 밤을 곯고 낮을 어슬렁거리는 그 예술가는 결국 직업을 가질 준비를 하고 있다.

남편과 시아버지 잘 떠받들면 얼마든지 척척 기분 좋게 후원해주는 그 편안한 예술가와 달리 누구는 정말 예술을 하고 있는지, 아니면 십에서 칩거를 하고 있는지 알 턱이 없다.

"그렇죠. 문화 예술인들의 열악함처럼 가슴 절절한 것이 어디 있겠어요."

"음악이나 미술은 레슨을 하면 되는데, 글쟁이들은 글이 안 팔리면 정말 어렵지요. 뭐 해서 먹고 산답니까."

예술가의 생활을 생각할 때, 더하여 누구 하나 부양해주는 가족도 없이 그야말로 예술과 나 혼자인 그들은 누가 삶에 끼어들어 삶을 지탱하는지 알 길이 없다.

예술은 길고 인생은 짧다고 하건만 그 긴 예술을 위해 살아 생전 골골하게 나약해진 인생이 얼마나 많단 말인가.

내 자식을 낳으면 그 길은 가지 않게 하겠다는 의미는, 힘겨웠으니 내 좋은 사람은 고생길 막겠다는 생각의 발상이다.

아름다움을 추구하고 아름다움을 누구보다 더 잘 묘사하고 아름다움 속에서 이고 지고 살고픈 이 세상의 예술가의 밥줄은 누가 책임진단 말인가.

살아남는 것만이 생존할 수 있다는 삶의 원칙에 있어서 다분히 예술을 지속하기 위해 마땅한 대비는 무엇일까 감내해 본다.

고고한 당신의 예술이 발전하기 위해 춤바람보다 더한, 더는 말릴 수도 없고 더는 인정하기에도 지쳐버린 당신의 예술은 오늘도 해 가고 달 가고, 꾸부리고 앉아 채운 실핏줄 값으로 누적되고 있다.

브론테 자매. 히드클리프라는 모난 성격의 그러나 차마 미워할 수 없는 인간을 만들어 낸 폭풍의 언덕 그리고 제인에어를 지은 브론테 자매가 살아 생전에는 그렇게 힘들고 어려운 생활을 했다니 마음 갈팡거리게 심난하다.

마음에 그런 다분한 감정을 갖고 사는 두 여자의 삶이 그리도 힘겹다고 했으니 어찌하여 예술은 기발한 능력을 발휘하여 거두지 못하였는가 말이다. 예민한 자매는 얼마나 예민한 신경에 눌려 인물 성격에 영향을 미쳤을까.

가난한 천재와 사랑하는 나타샤. 무슨 말을 하겠는가. 그의 시구절마다 읽혀지는 <나와 나타샤와 흰 당나귀>.

사랑도 눈물 치닫게 할 것 같은 나타샤를 사랑하던 백석의 사랑은 만물을 다 사서 바칠 것 같던 그 마음이 가진 것이 없어 아무것도 할 수 없음에 얼마나 얼룩졌겠는가 말이다.

영상으로 귀로 듣는, 빨리 캐치되고 빨리 마음의 정화를 가져오는 비디오와 오디오의 대단한 발전은 극작가와 노래를 만드는 사람을 엄청난 소득의 원천으로 이끌었다.

"모질게 애틋했던 두 연인, 앞으로도 사랑은 쳐낸다."

신(Scene)에 그렇게 적었을 뿐인데 주연급 연기자들의 몰입의 연기는 대본과 이입되어 한류 마당을 뒤흔들어 놓는다.

억, 억소리 나게 투자를 받고 커피숍의 젊은이들은 인터넷을 들쳐 내며 작품의 성과에 대해 불꽃을 더한다. 매일을 켜

놓아도 아니 질리는 영상의 미학은 책을 쓰는 사람에서 극작가에게, 연극판에서 실물을 보이는 사람에서 장소를 가리지 않고 선사하는 드라마나 영화에 열광하며 이동했다.

모든 것이 장사인 것을 자본 시장은 잘 팔리는 많은 사람의 손을 들어 줄 수밖에 없다. 책은 안 팔리고, 영상시장은 호재를 만났다. 하지만 책이나 대본이나 쓰는 사람들도 정작 한정된 세계, 그것이 예술 하는 자를 마음 도려낸다.

내 작품이 당신의 작품보다 못하지 않다는 것을 확신하면서도 반응에는 선전에는 속수무책이다.

"둘의 사랑은 매몰차게 뒤돌아서나 불현듯, 결국 못잊어 한다"는 그의 글이 영상에서는 얼마나 이 골치 아픈 세상에 한 장면으로 무르익겠는가. 빠르게 흡수하고 지나치게 빠져들어야 팔린다.

따라서 원고지 칸을 오늘도 메우고 있는 작가의 책은 모색을 하지 않고는 출판의 하향 곡선을 어찌 감당할 길이 없다. 어차피 팔아야 만들어지는 책시장에서 인지도가 없어서, 시장성이 없어서, 아무리 좋은 원고도 받아들이지 못하는 것은 시장경제 원칙에 아주 잘 적응하는 출판의 완만 곡선이다.

예술가라고 고고했던 당신이여. 혼자 아스라하게 뒤척였을 당신이여. 지나칠 정도로 까마득하여 붙들고만 있지 놓지도 못하는 당신은 예술인. 당신을 닮은 이 길을 걸으면 무엇이 남으리.

촉촉이 아침이면 물을 뿌려 아스팔트가 젖어들고 주인장이 내놓는 판넬에는 그렇게 씌어 있죠. 뭐라고요, 이 말로도 위로가 안 된다고요.

다정한 예술인이여. 살다 보면 당신의 인생에도 봇물 터지는 날 있을 거요. 누군가 무시하거든 그렇게 말하시오. 이 고고함을 지켜내느라 나는 불을 켜지 않은 날도 있었고, 졸졸 흐르는 물을 아끼는 날도 있었고, 때로는 너무 서러워 발바닥 비비며 '두고 봐라' 하며 독침 씹는 날도 있었다고. 무슨 상관이요. 당신 작품이 이렇게 흥행으로 난리인데. 그들이 너무 늦게 알아봐서 미안하오. 그들 탓이라니까요.

지나가는 거리거리마다 문화가 흐르고 한 층계를 걸을 때마다 수많은 문구가 씌어 있고 안내를 하는 구역마다 책 읽는 다정한 예술가를 위한 그 거리는 광화문입니다.

종로서적이 있던, 책을 사러가는 유일한 대형서점이었던 그 서점이 문을 닫을 때 덜컥했던 그 자리에 광화문이라는 커다란 세종대왕 동상이 있는 그곳에, 영상이 아닌 상상의 눈을 밝힐 다정한 예술가들이 책꽂이에서 말한다. "진짜 예술은 말이야. 자 조금 멀리 떨어져서 읽는 거라고. 아무리 다정한 예술이라도 찾지 않으면 그렇다네. 보고 또 보려면 책꽂이에 남겨지려면 당신이 불러야 한다네."

"자 봐봐. 그 재밌다는 지당하신 예술은 무슨 잣대로 측정하는지 도무지 알 수가 없군. 예술이 그래. 누가 지은이의 심정을 알고 읽겠어, 자기 심정과 같아야 읽지." 오! 감탄사는 어찌하여 기만하지 않는지 감사한 평가일세.

엄마와 딸의 다정가

뒷모습이 친구인가 했다. 친구 둘이 저녁 운동을 하면서 우리 남편은, 우리 애들은 별스럽게 이런 것들을 갖고 어렵게 한다고 할 때, 처음에는 허물인지 알았는데 허물은커녕 은근한 자랑이다. 비슷한 나이의 아이 적당히 키워 놓고 밥상 다 물리고 나서 저녁 운동을 나선 여느 엄마의 뒷모습인줄 알았다.

적당히 남편 잘 만나서 삶의 고비없이 달달하게 삶의 낙 뭐 있나, 한밤중까지 기다리지 않아도 제집 찾아 잘 들어와 선 채로 신발 잘 벗고 내동댕이치고는 "집은 역시 편해"하면서 자기 방으로 들어가는 자식들 보며 신발 좀 가지런히 잘 벗어 놓으라고 하며 은근슬쩍 어깨 만져주는. 가족들의 신발 잘 정리하며 내 가족의 누구 신발이 닳았나 그것 챙기며 웃는 '가족들이 삶의 낙이지' 하는 평범한 아내들의 화장기 다 지우고 마사지크림 뭉개 바른 채로 나온 엄마들의 모습으로 뒷모습이 보여졌다.

식구들이 다 돌아오는 저녁 즈음이면 반찬거리 걱정하다가 제철의 좋은 재료가 곧 최고의 요리를 만든다는 것을 터득한 터라 고르고 고른 반찬거리로 저녁을 하려다가 딸이나 아들이 늦게 들어온다는 전화에 다시 냉장고로 다 집어 넣고 "한가하네"하며 같은 아파트에 사는 친한 아줌마에게 전화 걸어 저녁 운동하는 엄마들 같이 보였다.

속도를 적당히 맞춰 운동하면서 요즘 우리 대학생 아들은 다이어트를 한다면서 삶은 달걀만 먹다가 닭가슴살로 바꾸기 시작했는데, 질 좋은 닭가슴살이 그리 비싼지 몰랐다고 물가가 너무 올랐다는 푸념까지 부인들의 이야기는 우선 자식,다음 남편이다.

딸이 다이어트를 했으면 좋겠는데 아들이 다이어트로 밥을 안 먹어서 더 신경쓰인다는 이야기부터 시작하며 동네 한 바퀴 쭈욱 돈다. 딸이라고 해야 할지 딸 기집애라 해야 할지 고

것은 도통 마음을 보이다가 안 보이다가 해서 내 뱃속으로 낳은 자식이지만 나를 닮았나 하는 생각에 남편 꼬집어 봤더니 남편 닮은 구석이 더 많아 그러려니 한다며 웃음톤 높아진다.

아버지 닮은 딸은 잘 산다는 말을 믿어보기라도 하듯이, 결혼해 살아보니 무조건 다 좋은 남편은 아니지만 그래도 남편 닮은 딸은 잘 산다고 하니 기분 대박이다.

내 딸이 남편을 닮아 인생이 잘 살아진다면 그 얼마나 행복한 일이란 말인가! 내 딸이 아버지를 닮아 태어났다는 이유로 만고땡 물고 태어났다면 그만큼 거저 먹는 것이 어디 있겠는가. 내 진짜배기 남편 닮은 딸아, 제발 복 많으시라.

무엇으로라도 도움을 주고 싶었던, 어떤 것으로도 너를 웃게 하고 싶었던, 혹시나 네 마음을 몰라 다그쳐 더 마음이 아팠을지도 모르는 내 마음에는 너 마음에는, 나에게도 너에게도 첫 번째는 너라는 사실을 잊지 말라고. 그러면 너는 삶에서 엄마를 제일 처음 찾아주면 좋겠노라고,

약간 일부러 짧게 머리한 엄마와 염색 웨이브머리를 고무

줄로 질끈 묶은 딸이 저녁운동을 하러 가는 보기 좋은 모습이다. 뒷모습을 봤을 때는 엄마와 딸인지 모르게 키도 비슷했고 걸음걸이도 비슷해 산책 나온 두 여자의 모습이구나 했다.

엄마가 딸에게 무슨 말을 하느라 옆모습을 보이자 딸과 엄마의 모습이 확연히 드러났다. 엄마의 단발은 나이들어 가는 자신의 모습을 조금 더 젊게 보이고자 하는 노력이었고, 딸의 질끈 묶은 모습은 곱슬 파마머리를 자연스럽게 멋을 부린 성숙하고 싶은 노력이었다. 엄마는 운동화에 에어가 들은 푹신한 운동화로 키높이를 높였고, 딸의 운동화는 컨버스화로 운동도 하고 편하게 걸을 수 있는 신발을 신었다.

길게 말을 하지 않고 손짓으로 어제의 이야기, 그제의 이야기를 엄마에게 딸이 하면 엄마는 "어떠냐, 어땠는데" 시늉하며 다른 길모퉁이로 길을 안내한다.

마치 슬로우 비디오를 다시 보고 또 보듯이, 엄마의 회색빛 레깅스 입은 모습이 딸의 젊음을 말하며 길모퉁이를 지나 스르르 이쪽으로 가자며 딸을 잡아 안내한다. 그러면 내가 새로 봐둔 길이 있다고 딸은 엄마의 팔을 이끌어 잡는다. 엄마가 생각했던 이 길과 딸이 생각했던 저 길 중에 어느 길이 더 나은지는 모르지만, 화사하게 젊어서, 자신감과 생기가 있어 더 예쁜, 끝없이 사랑하는 딸에게 엄마는 언제까지 고운 딸이 되기를 소원하며 발걸음마다 발자국 남긴다.

마음으로 다 표현할 수 없어서 심히 내비치다가 결국 말하는 다 자란 딸이 먼저 다가서며 무엇 하나라도 꺼내면, "그랬구나"들으며 내 딸의 나이에 그런 경우가 있었음에 뜬어보던 마음 조심스러운 그래도 넉넉한 저녁이다.

어릴 때 풍선처럼 넓은 고무줄 달린 치마를 사다주면, 그런 치마는 안 입겠다고 레이스 있는 대로 달린 옷을 사다주면, 그 레이스 실밥 뜯어내고 단정하게 입고는 어떠냐고 자신을 고집했던 내 딸아.

엄마가 아빠에게 하는 모습이 딸의 눈에는 조금 아빠가 더 안쓰러웠는지 방으로 안내하며 아버지는 아버지대로 기 살리고, 내게는 와서 엄마는 직장 생활 안 해본 사람처럼 아빠를 힘들게 한다고 눈 찡그리던 딸아.

자라면서 하도 키 안 자랄까 봐 "나는 키가 조금 더 컸으면 해요"하고 하느님께 엄마와 아빠에게 하던 다정함을 두 배로 더 간절히 바라는 기도를 하는 것을 보고는 "괜찮아, 곧 달라질 거야" 하고 말해주고 싶었던 마음을 이제야 건네는구나. 네가 아이에서 여자로 가는 것을 지켜보면서, 여자끼리 솔직해져 보자며 밤새 잠을 안 자고 너의 침대로 들어가 이야기 나누고 싶었던 딸아.

엄마의 뒷모습은 뒷짐을 지고, 딸의 뒷모습은 깍지를 끼고 스르르 걷고 있다.

"공기 냄새 괜찮지 않냐"하고 은근슬쩍 물으면 "공기 좋다" 하며 감탄을 섞어 말한다. 엄마의 뒷짐 진 손을 잡아주며 엄마도 나처럼 다 좋았으면 좋겠다고, 아픈 데도 없고 근본적인 걱정거리는 절대 없는 지금이길 바란다는 우리의 시간.

세상의 딸아.

세상은 네가 생각하는 것보다 더 좋은 사람이 많이 있고, 세상은 처음 네가 생각한 일들보다 더 충만한 사랑들이 존재하고 있다고 말하고 싶구나. 왜냐하면 착한 사람들에게는 좋은 것을 믿는 세상이 오더구나. 조금 그것들이 서둘러 오지 않을 뿐이지, 언젠가는 온다는 것을 알려주고 싶구나. 웃어줄 수 있겠니? 웃어다오.

너와 내가 운동하러 나온 거리마다 풀잎 냄새, 꽃잎 냄새, 계절 특유의 냄새가 공기를 가르고 네게로 오고 있단다.

살아 보니 내가 생각도 못한, 꿈꿔나 봤을까 하는 기쁨도 오는 세상이라는 것을! 그렇게 흡족한 것에 대해 엄마니까 미리 알려라도 줘서 네가 든든했으면 싶구나.

"엄마처럼 좋은 것은 없단다"하고 엄마가 말하면, "엄마처럼 참견 마음대로 하는 사람도 정말 없다"며 손잡는 다정한 딸아.

노스탤지어

〈타악기와 오케스트라를 위한 협주곡〉을 텔레비전 방송에서 방영하고 있었다. 기다란 머리에 안경을 쓴 그 연주자는 타악기 네 개를 이용하여 시작의 손짓을 현란하지 않게 차분히 시작한다.

실핏줄 같은 음색의 이동은 타악기와 현악기들이 협주되어 무엇을 보고 그리도 호흡이 맞는지 신기하고 환상적이다. 두 개의 봉을 천천히 어루만져 두들기다가, 다 양쪽으로 탄력을 받아 치고 양손으로 세게 반응하듯 연주하더니 뒤편에 있는 큰북을 쳐댄다.

그녀의 타악기 연주에 호응하는 오케스트라는 그녀 하나를 바라보고 연주하지 않고 있는 것을 알고 있다는 듯이 타악기는 전부를 흡수하는 대범함을 보였다. 두드리기만 해도 들리는 그 소리에 잠재해 있는 다른 소리는 연주자의 힘이다.

큰북 앞에서도 연주자는 매우 서둘지는 않았다. 연주가 마치자 함성이 들리기 시작하고 연주자는 고개를 숙여 인사하고 들어간다. 다시 나와 지휘자와 포옹을 하더니 양손으로 인사를 하며 마무리한다.

'두드려라. 두드린다.'

문을 열기 위해 두드려야 일어나는 삶의 노스탤지어. 박수는 두드리는 자의 것이었다. 음악은 다시 조화롭다. 무던히도 많은 장사들이 간판 아래에서 정신없이 움직이고 있다. 저들이 다 두드리던 삶의 질주였던가. 삶의 현장 열어 인간사회 놀게 한다.

라흐마니노프의 노스탤지어가 심오하게 느껴져 온다. 내가 두드리면 박수를 쳐 달라, 저 타악기 연주자에게 하듯이 박수를 쳐주고, 포옹도 해달란 말이다. 오, 그대여. 펜던트 등을 잡아 이끌어서라도…….

늦은 저녁 사람들이 많이 오고 가는 장소에 가면 엄청 많은 사람들이 어찌 그리 다른 모습으로 제 갈 길에 바쁜지 알 길이 없다. 하나같이 계획한 것에 대한 발걸음이 장소로 이동을 하고 있다. 휩쓸리듯 두드리며 어제도 오늘도 내일도 더 나은 삶의 방향은 없는가 하며 지나가고 있다.

삶은 오늘 지금 이 순간에만 내 것으로 다가온 것은 아니었다. 지나간 날의 내 모든 것을 담아내며 과정을 거치며 당신을 만나러 오고 있는 것이다.

그 자리에 네가 그런 모습으로 나에게 오지 않았던들 나는 그토록 그 자리에 의미를 두었을까 한다. 무리들 속에 너가 오는 모습을 보고 좀처럼 이시간이 끝나지 않았으면 하는 마음이 간절했다. 그런데도 밤이 오니까 우리는 제 갈 길 따라 자기의 집으로 가야 할 시간이 왔다.

"데려다줄게요" 하고 낚아채듯 나를 붙드는 당신 때문에 놀랐다.

"아이 깜짝이야, 놀랐단 말이에요"하며 민망할 당신을 향해 나는 미소를 흘렸다. 다가오는 사람이 모두가 내 사람은 아니겠지만 손을 내미는 사람이 모두가 내 사람이 될 수는 없겠지만 왠지 들뜨듯 마음이 눈동자가 그리고 남은 나의 미래가 두근거렸다.

오히려 차를 갖고 오지 않은 것이 다행이라는 모습으로 택시를 잡아타고는 내 집을 물었고 마치 자신이 보호자인 것처럼 나를 인도하는 당신으로 하여 심심하지 않을 날을 살게 됐다.

우리가 택시에서 내린 그 자리에서 빨리 가시라고, 이젠 됐으니 친절은 여기까지만 베풀어 달라고 그의 등을 돌려세우자 꼼짝을 하지 않고 미동도 하지 않아 나는 당신이 무진장 간 큰 사람처럼 느껴졌다.

이처럼 용기가 있지 않고서야 어느 천 년에 너처럼 무미건조하게 사는 너를 만날 수 있겠냐고 하던 그 사람은 자주 내가 사는 집으로 왔다.

지금은 그 집 앞에 그런 배경을 가진 집 앞에 살고 있지를 않지만, 나는 가끔 그 집 앞에서 나를 기다리는 당신 때문에 한없이 마음이 너그러워지기도 했다. 천천히 오기만 했던 내 사랑에, 어쩌면 영영 나는 사랑을 만져 보기나 할까 했던 내 사랑이 예사롭게 오는 것 같아 그야말로 깜짝 놀라기도 했다. 나를 기다리는 당신을 보면서 '사랑을 하면 저렇게 찾아오는구나.'

사랑을 하면 저렇게 예고도 없이 찾아오는구나,
사랑을 하면 저토록 마음에 짊어지고 가는
자신의 아득한 마음까지 보이는구나.

그 집 앞 당신이 나를 기다리던 그 집 앞은, 저녁이면 넓은 길가가 있는데 사람들은 그 길가를 걸으면서 한 손에는 가족에게 줄 주전부리를 들고 있고 한 손에는 아내가 사오라는 심부름거리가 들려있는 사람 좋은 장소였다. 그 집 앞으로 가는 길은 저쯤으로 내천이 흘러서 사람들은 그 길가를 가로질러 운동도 하고, 비라도 잦아들면 모여 앉아 바둑도 두고 때로는 은행도 줍는 진풍경을 만날 수 있다. 그 집 앞에는 딸이 어서 일찍 일 마치고 무사히 오기를 기다리고 있는 늙으신 우리 아버지의 위엄이 있는 시간들이었다.

그런데도 조금도 갑갑하지 않던 그 집 앞 그 거리. 앞으로도 아마 또 앞날에도 나는 내가 사랑하는 사람을 우리 집 가까이 와서 기다리게 하는 일을 잘 하지 않을 것 같다.

나의 지나치리만큼 친절한 근성은, 코앞에 와있는 소중한 사람을 그냥 가도록 하지 못하고 집까지 부르는 법석에 힘들지도 모른다. 살림도 잘 못하는 나는 아무것이라도 내놓고 싶어 허둥지둥하며 뜨거운 찻물에 당신의 입천장이 부르틀 만큼 요란을 떨지 모르니까.

침착하게, 그리고 아주 부드럽게 더하여 매우 잔잔하게.

나는 당신이 나를 기다리러 오는 곳을 우리 집 창문이 보이지 않는 곳으로 정해 당신이 왔는가, 당신은 오고 있는가 하고 마음 재지 않고, 천천히 온다는 그 시간에 맞춰 당신을 보러 나갈 것이다.

당신과 나 사이 또 다른 집 앞에는, 개를 안고 다니는 아줌마를 보면서 한쪽으로 자리를 옮겨 걷고 여전히 멋이란 멋은 다 걸치고 나니는 한여름 팬츠를 입은 아가씨를 마주하고서는 못 본 척 나의 향기를 마시듯 걸어간다. '제 잘난 맛에 사는 인생인 거야'하며.

사랑도 남아 있지 않은 그 거리에서 나는 외친다. 노스탤지어!

내가 나를 주체할 수 없을 만큼 한여름의 식은땀 앞에서도 너를 부르지 않던, 끝내 찾지 않았던 지나간 시간.

사랑도 사람도 다 자주 만나야 가까워지는 것인데 우리가 너무 많은 시간을 적조했구나. 그래서 나는 변하지 않은 것처럼 당신을 대했는데 당신은 변한 것처럼 와서는 당황하는구나.

지나간 시간을 그리워하는 우리가 지나간 시간을 잃어버렸다고 담담히 말하는 우리 눈동자를 끝내 안 쳐다볼 것 같다.

정해진 그 시간만 되면 나를 부르는 소리인지 알고 그 창을 올려다보던, 과거의 어긋난 그리움 앞에 우리가 그 많은 시간을 같이 했다면 그래도 이 정도였을까, 되새긴다. 그것은 아무도 모르는 또 다른 별리였으리라.

마케팅 마케팅

소비는 욕구를 바라는 사람들의 선택이다. 소비하는 사람들이 그것을 선택해야 물건은 팔려나가고, 수요가 있는 그곳에 재생산이라는 공급의 원칙이 존재한다.

수요공급 불균형의 원칙으로 쌓어만 가는 물건들은 재고로 남아 어떤 방법으로 처치할지 난감한 문제로 갖은 방법을 동원하고 있다. 많이 팔고 재고를 남기지 않고 꾸준히 생산할 수 있는 수요공급 이론이 주는 판매고는 여전히 당당히 생산성을 뒷받침해 주고 있다.

잘 팔리면 능사다. 이것에 이길 재간이 어디 있단 말인가. 잘 팔리고, 그 판매수요로 인해 부를 축적하는 것, 그 이상 물건을 만드는 사업자들이 무엇을 더 바라겠는가.

싱싱하고 물기 어린, 금방이라도 침샘을 자극하는 양질의 식품들도 유통기한에 비례하여 그 물건의 가치가 매겨진다. 우유 진열을 할 때도 굳이 뒤쪽으로 날짜가 먼 것을 배치하는 것은 생산자들의 작은 고려에서 시작됐다.

날짜에 민감한 것이 당연한 것이고 그 날짜 표기에 의해 값이 달라지는 식품들은 그날 다 팔지 못하면 버리거나 한쪽으로 진열되어 반의 반값으로, 만지작만지작하는 사람들의 손에 의해 팔려나가고 있다.

그 비싼 물건도 날짜가 가까워졌다고 작은 매대에 진열되면 삼 분의 일도 안 되는 가격에 살 수 있으니 온당한 거래 맞다.

쉽게 살 수 없는 식품들이 빅세일을 한다고 어느 날 새로운 행사 매장을 구성해서 원가 이하 가격으로 돌진하듯 판매하는 것을 두고, 우린 무조건 세일의 혜택이라고 생각한 시절도 있었다.

소비자는 왕, 왕과 같은 소비자가 더 영리해지자 그들은 거짓 없이 왜 물건을 싸게 파는가를 공개한다. 그래도 당신은 그 물건을 돈 주고 사기 전, 헐값에 파니 기회라 생각하고 신중하게 구입하라는 판매 전략에 전단지 뚫어지게 쳐다본다.

소비의 감소로 인해 재고가 쌓이는 것보다 상품을 회전시켜 다운, 백화점에서 팔던 상품들이 한철을 건너 아울렛에 와서 맘고생 한 것 회복이라도 하듯이 엄청난 매출 올려준다. 모든 것은 성황을 이루어야 살맛이 나는 것으로 구박받던 재고들은 여기서 저기서 입고들 다녀도 브랜드의 가치는 떨어지지 않는 공장의 기계 기름칠하여 재시동 걸게 하는 효자노릇 상품으로 자리 잡는다.

복사 기술도 그리 좋지 않고, 책이 우리에게 지식을 쌓던 전부였던 90년대는 헌책방을 돌아다니는 것도 하나의 치기어린 취미였다. 대학생들은 필요한 전공서적을 조금 싸게 사려고 헌책방아저씨에게 미리 부탁을 하는 난골이 되는가 하면, 먼지 첩첩이 쌓인 책더미에서 유명작가의 글이나 책이라도 발견하면 '옳다구나!'하면서 싼 가격에 또 깎아서는 내 책꽂이에 꽂아놓고는 안심이 되어 줄 그어가며 헌책 안심증에 좋아라 한다.

청계천에는 많은 헌책방이 있었다. 밖으로까지 책더미를 쌓아놓고 지나가는 사람이 흘끗 쳐다보게 하여 발을 멈추게 하는가 하면, 돈을 주고 사기에는 아까운 읽고 던져버려도 좋은 잡지들을 눈요기로 앞에다 늘어놓아 한두 권 건질까하는 사람들이 자주 찾기도 했다.

안으로 들어가면 벽을 타고 어찌나 많은 책들이 쌓여 있는지 이 많은 책에서 소비자가 원하는 책을 어찌 다 찾아내는가 할 정도로 구분이 복잡했다.

하지만 아저씨는 책 제목을 부르는 족족 잘도 찾아서 흥정에 더는 말도 못 붙일 인심을 자른다. 모퉁이에는 아저씨의 잔 물건들. 이제는 책을 쌓아 놓고 문을 굳게 닫은 고서점조차 눈에 띄지 않는 그 시절 헌책방을 헤매던 맨발의 그 길은 거듭나는 청계천으로 탈바꿈하였다. 그 자리에서 책을 팔던 아저씨들은 격세지감을 느끼며 책 팔던 시절에는 낭만도 팔 수 있었다고 생각하고 물을 바라보고 있을 것이다.

처음 책을 내고 홍보가 안 돼서 많이 골똘하던 때에 어디다 부탁을 하면 내 책이 더 홍보가 될까 내심 궁리하던 날이 있었다.

지역에 서점을 세 개나 갖고 있는 서점의 점장을 만나 책 홍보를 부탁하는데 자신의 서점에서 직접 거래하는 책이 아니라고 말하며 유통구조를 설명했다.

"많은 책들이 세상에 무수히 나오죠. 그 책들 중에는 정말 좋은 글들이 있기도 한데, 그냥 묻히기도 하죠. 어쩔 수가 없어요"하며 쓴맛을 전하는 책을 직접 다루는 서점의 본부장을 만나면서 입에서 모락모락 입소문을 타고 책이 팔리기는 어려운 세상이라고 전했다.

그래도 좋은 글은 사람들이 알아보는 '진실은 통한다'라는 열린 사람들의 지식을 기대했던 나는 그 한마디에 더 이상 대답할 힘이 없었다. 이렇게 쏟아지는 홍보의 물결 속에서, 읽을거리가 사방에서 줄잇듯 터지는 정보의 홍수 속에서 그것도 챙겨보기 힘든 것을 '정보력 파워'에 이겨낼 선전은 없다고 말한다.

마케팅을 안 하고도 당신의 작품이, 당신의 제품이, 당신의 사업장이 거대한 성과를 거둘 생각을 한다면 당신은 극치의 오산이다. 교만해서 안 팔릴 것이고, 마케팅의 수난으로도 안 팔릴 것이다. 물건을 만드는 것만큼 마케팅에 들이는 그 대비가 얼마인지 아느냐고, 물건의 중간 마진과 더해 홍보비만 절약해도 얼마나 싼 가격으로 당신이 원하는 물건을 내 손에 쥘 수 있는지 이미 우리는 매일 듣고 있다.

"중간 마진 빼고, 홍보비 완전 삭감했습니다."

그곳에 가면 당신이 바로 원하는 삼삼한 예술품도 살 수 있다는 것을 SNS나 정보지에서 나누는 시대에, 뿐만 아니라 공동 구매를 통해 더 낮은 가격에 사는 시대에 마케팅은 전략적으로 넘쳐나는 정보 속에 돌아다니고 있다.

지역을 돌고 돌다 사람들이 찾아다니다 알게 된 지역마다 고유의 물건을 살 수 있는 그 입소문의 사람 냄새 나는 시대는 멀다. 시간이 절약되고 물건도 다양하게 만날 수 있는 것은 이제 마케팅의 효과로 인해 그 유명세가 소비를 이끌고, 잘한다 잘났다 하니 더 잘하는 힘을 발휘해 더 좋은 것으로 거듭나는 마케팅의 진면목을 보여준다.

누구는 유명하다고 다 좋은 것은 아니라고, 유명해서 써보았더니 별로라고 하며 눈 째지게 그 제품을 신랄하게 비판도 하고 있다. 그런데 마케팅 제대로 한 그 제품 그 물건 당신 손에 있지 않은가. 세상 사람들이 들고 있는 만큼 보고 있는 만큼 생산은 이루어진다.

나의 시안으로는 가늠할 수 없는 선택과 소비의 갈림길에서 이 시대는 마케팅을 무시할 수도 없는 오늘을 살고 있다.

백화점에 가면 시계가 걸려 있지 않다. 시간 가는 줄 모르고 쇼핑을 하라고 동선을 한 바퀴 돌게 하면서, 에스컬레이터를 교차시켜 놓았고, 하행선 상행선에서 멈춰 선 발길로 다른 마케팅의 효과를 보기도 한다. 사람을 붙드는 힘은 여러모로 교차하여 필요한 만큼보다 진지하게 당신의 지갑을 열게 한다. 알아야, 봐야, 들어야 물건을 산다는 이론이다.

백화점 매장의 구둣가게에서 살아남으려면 한 달에 엄청난 매출을 내야 한다니 구두코 뼈 빠지게 신기고 벗기고 구둣주걱 구부러지게 신발 신겼다 하면서 손님을 받아들여야 하는 세상.

잘 나가는 작가에게 글 장사를 잘해서라고 말하는 누구의 말에 쐐기 박는다. 세상의 절반이 장사이고 장사를 잘하는 것도 수단이면, 꾸부리고 앉아 배일을 쓰느리고 골머리 끙끙했을 글쟁이가 허리 꼬부리며 옥고에 쓴 내 작품 들고 장사를 한들 그것이 어떠냐고 침놓는다.

세상에 내 작품 나왔다고 알려야 읽어주는 세상이 왔노라고.

청계천의 헌책방에서라도 발견되는 그런 홍보 효과라도 누리려면, 발품 파는 구태의연한 방식으로라도 마케팅 필요하다.

당신은 당신의 벤치마킹 어떤 식으로 하고 있는가.

집에 와서 족욕에 발 담그며 오늘도 마케팅 뛰고 있는 그는 서슴지 않고 말한다.

"죽어라고 조아렸습니다. 집에 와서 제가 한 행동에 대해 생각해보니 생뚱맞았습니다. 그런데도 다음날도 또 조아렸습니다. 하는 동안은 몸담고 있는 동안은 잘하고 싶었습니다. 울화통이 터지지는 않았습니다. 통탄하듯 화풀이 한번 해볼까 생각도 했지만 이내 접었습니다. 마케팅 잘해야 생산율 높인다잖아요."

흰 석고를 뒤집어쓰고 확률 따져 사람의 이목을 집중시키는 홍보실의 전략 앞에서 다르게 접근해야 홍보가 된다는 것에 삶은 쉽지도 않지만, 도약을 위해 물불 안 가리는 것보다 마케팅만 한 것이 어디 있겠냐는 관측에 혹시 나를 향하여, 내 것에 관하여 더딘 마케팅을 했는가 생각한다,

오늘은 헌책방이 있던 청계천을 가보리라. 가서 가면 달라진 세상의, 세상을 홍보하는 전광판 앞에 또 한 번 질리다가 눈 커지게 뜰 것이다.

반짝이려면, 마케팅도 중요하다잖아. 그렇다잖아.

어느 만큼 믿어야 하냐면

그것은 그 사람이 너를 얼마만큼 소중히 했냐가 관건이지. 소중한 것은 절대 나에게서 멀어지게 할 수 없어. 소중한 것이 내게서 멀어지면 행복하지 않거든. 나를 위해서라도 하나를 양보하며 다시 받아들이게 되는 것. 그것이 내게 귀한 사람에 대한 마지막 믿음이야.

"예의 없게 굴지 마."

지켜주려 억수만큼 애썼는데 예의 없는 감정의 골을 만들어 한참을 마음 우울하게 하면 내 마음이 얼마나 아프겠어, 실망했던 마음도 내색하지 않았고, 확 그냥 내던지고 싶었던 마음도 참았고, 상처 주는 말을 하려다가 그것까지 참았어. 왜

냐하면 영영 멀어지는 것을 원하지 않았기 때문이지.

맞지. 소중한 사람. 그래서 이해를 할 수 없었던 순간에도 그를 알았던 그대로 그 사람을 받아들이려 더 애썼지. 쉽진 않은 거야. 내가 아니잖아. 내가 아닌 것을 어찌하여 다 이해해.

살다보니까 나는 무난하게 곱게 부딪히지도 않고 서러울 일도 없고 무탈하게 재미나게 살고 있는데, 내가 아끼던 사람이 와서 나를 방해할 때가 있지. 처음엔 받아들이기 싫었어. 그런데 문득 아끼던 사람을 전부 받아들여야 내가 살 수 있다는 것을 깨달은 순간이 있었던 거야.

그가 나를 더 이상 부르지 않는 그 시간들을 내가 아파하고 있다는 사실을 알게 되었지. 날들이 가고 있는데, 시간은 가고 있는데 계절이 바뀌고 있는데 그 사람은 더 이상 나에게 아무 말이 없는 것에 나는 아팠어.

마음을 터놓고 이야기하지는 않았지만, 다시 만나도 마음을 까발리며 속을 다 내보이지는 않겠지만 다시 만나고 싶으면 어쩔 거야. 그래서 '이 정도에서' 그가 나에게 보이지 않을 것까지 보여준 그것을 지우고, 다시 소중한 사람으로 만들고 싶어졌어.

물론 관계 속에서 굳이 내 인생길에 그 사람이 없어도 살아. 세상은 넓고 많은 모임들이 나를 알고 너를 알고 다시 관계를 만들어 가는 얼마나 좋은 세상이고 시끄러운 세상이야.

그런데 왜 나는 그와의 끈을 놓지 못하는지 모르겠어. 끈끈한 숱한 시간 속에서 그는 힘겨울 때 내게 왔기도 했지만 나는 그가 진정 무엇에 아픈지 모르는 시간이 많았구나 생각이 들었던 것이지.

그가 쓸쓸한가, 그가 골병들고 있는가, 그가 애처롭게 힘들고 있는가. 묻지도 않고 나는 그가 말하는 것만 들었던 거야. 그래서 한때 내가 소중하다고 생각해서 앞으로 사는 동안 여지없이 나의 가까운 지기로 살고 싶은 그에게 진정한 소리를 듣지 못했던 거지.

그토록 마음고생하는 걸 알 길이 없었는데. 그래서 지나온 과정은 모르고 나를 실망시키지 말라고, 내 앞에서는 좋은 것만 보여 달라고 더 이상 내가 싫어하는 소리는 하지 말라고. 소중한 사람을 향하여 좋은 것만 보여달라고 했으니, 그는 얼마나 나에게 서운했겠어. 내가 너와 친한 것만큼, 너도 나와 친한 것 맞는데.

찾을 길이 없어서 나를 찾아와서 "삶이 마음대로 안 되네" 하고 말했던 것을 "좋은 소리만 들려줘"했으니 얼마나 섭섭했겠어. 그 이후로 나를 부르지 않는 너를 오늘 나는 이만큼 보고 싶어 하네.

툇마루의 창호지 발린 문을 열고 뒤뜰을 바라다보며
뒤뜰에는 무엇이 있기에 이리도 시원한가 했는데,
한쪽으로 밀어주는 청아한 작은 화초대가 늘어져 있었어.

의지할 것들이 있는 화초대 앞에서
열심히 부채를 부치고 있는데
나를 찾아왔던 그에게
의지할 누군가가 없었나 하는 마음이 느껴졌어.

다시 만나서 차 한 잔 하자고 하면 다시 나올까. 나를 찾아오기 이전처럼 상쾌한 목소리로 "우리 차도 마시고 달콤한 조각 케이크도 먹자!"하는 말을 들을 수 있을까. 소중한 마음을 끝까지 못 바라봐서 미안해.

감정이 다스려지지 않았거든. 내 앞에서는 풀소리, 새소리, 달빛 가득 찬 환희만을 얘기해주는 사람들이 많기를 바랐거든.

그거야. 바로 나도 삶을 부둥켜안고 있었는데. 우린 서로의 관계를 유지하면서 진정한 마음속의 본격적인 아픔은 한 번도 말해본 적이 없는 친구였어. 그러니까 거기까지만 믿은 거였어.

친구가 저기 만큼서 나를 만나러 올 때부터 알아채고 눈으로 "어서와"하고 , 내 옆으로 잘도 오는 그가 무엇으로부터 기분이 좌우되는지 살피는 것을 간과한 거야. 관계를 유지하기 위해 좋은 것만 서로 보인 거지. 우울하네.

백합꽃 향기 피워야 할까 봐. 독한 백합꽃 향기. 지나간 시절에는 백합꽃이 많이 유행했는데, 요즘 내 눈엔 백합꽃이 보기 힘드네. 난 그 향기가 너무 좋아서 거실에 있는 그 꽃을 여러 번 들여다보곤 했어.

하지만 한밤중이면 거실의 그 꽃을 다른 데로 옮겨 놓으려고 불 꺼진 거실을 살금거리며 밖의 공기로 내다 놓았어. 식구들은 왜 백합꽃을 창밖으로 내다 놓았냐고 나를 핀잔을 주는 거야. 난 말하지 않으려다가 울먹거리며 "백합꽃 짙은 향기에 취해 숨 막혀 쓰러질 수도 있대"하며 진실을 털어놓았어.

어처구니없어 하며 그런 일은 없을 거라며 백합꽃 다시 들여놓는 식구들 때문에 나는 밤새 거실을 지키고 있었지. 내가 걱정하며 문틈을 열어 놓으며 그 거실의 백합꽃 앞에서 밤새 앉아 있던 것은 소중한 사람들을 지키기 위해서였어. 그런데 아무도 나의 마음을 몰라주더라고.

거실에 있는 백합꽃이 충만한 것만 알았지, 그 전설을 알고 있는 내가 지금 노심 걱정하고 있다는 것을. 노란 꽃술은 그 밤에 흔들리지도 않더군.

사람은 사람을 다 알 수는 없어. 하지만 오랜 시간 동안 봐온 알아온 그것이 아주 틀린 것은 아니라는 거지. 기필코 그 사람이 맞다는 거야. 비록 작은 일로 아니 사사로운 행동으로 밉게 했더라도, 내가 믿었더라면 그것조차도 밉지 않았을지 모르잖아.

그는 나에게 말하고 싶었을 거야. 의지할 사람이 나밖에 없었는지도 모르지. 바로 네가 나에게 의지하는 것, 귀찮다고 너는 나에게 이만큼 정도의 순위라고 밀쳐내고 있어서 실망이 너 컸던 거지. 그 많은 날들에 지켜보고 있었던 내게 소중한 사람의 순위가 바뀌고 있었던 거야. 나에게도 있었던 어지러운 시절에 내 마음을 다독여주던 그 소중한 사람을.

라일락 향기가 이렇게 멀리서까지 냄새를 전달하는지는 라일락이 피고 있는 그 담을 지나가지 않고서는 잊을 때가 많아. 라일락덤불은 진한 향기를 전달하면서 사람들의 속까지 울렁이게 만드네. 그래서 한참을 맴돌다가 우린 깔깔 웃어대며 라일락 탓이라고 말하며 참 소소한 것에 좋아한다고 친구의 가슴팍을 손바닥으로 치고 웃는 거지. 그랬던 시절도 있었지.

라일락 송이가 날리니까 흐드러지듯이 냄새가 퍼지는데 살아가는 향기도 이런 것인가 할 정도로 훈훈했어. 그 성당 성모상 앞, 라일락은 영원할 것처럼 든든하게 자리하고 이 계절이면 늘 보게 될 거야.

그것이 다야, 소중했으면 믿는 거야. 믿음은 소중한 만큼 채워지지. 믿고 또 믿었는데 그 믿음조차도 허무하게 했다면 그럴 경우는 어떡하지?

잘못한 것이지. 정말 잘못한 거야. 하지만 그럴 수밖에 없었다는 무구한 변명 속에 아마도 너를 아끼던 그 사람은 이해하려고 참담하게 노력했을 거야. 그가 이해하려고 애쓰는 동안에 라일락꽃도 지고 짓무르는 땀방울 땀띠 더하는 여름이 오기도 할 거야. 그 여름에 우리는 다시 이해하게 되는 굳건한 성을 쌓게 될 거야.

나의 모진 말로, 내가 했던 섭섭함으로, 혹은 내가 보여준 잠재울 수 없던 미진한 태도로 혹시나 힘들었다 한들.

이것만은 알아주소서. 덜 소중해서 그렇게 안 믿은 것은 아니야. 믿었으니까 내가 너를 잘되길 바란 것이지. 난 너한테 아픈 소리는 듣고 싶지 않을 거야. 앞으로도.

이해하겠니. 그래, 어느 만큼 믿어야 이해할 수 있을까?

내가 너의 피폐한 마음까지 들어줄 거라고 생각했으나, 그 자리에서 머물다 어색하게 멀어진 서로가 되었어. 미안해 몰랐어. 정말 어느 정도인지는.

상황을 탓하고 싶지 않은데 지금.

비교할 수 없는 것처럼

유유히 날들은 가고 세상은 들여다볼수록 변화무쌍이다. 어느 것 하나 그 자리에 그대로 간직된 채 남아 있거나 유지되어 있기란 그리도 어려운 것인지 수많은 것들이 변화에 변화를 거듭하고 있다.

삶이란 원래 흐르는 것이었거늘.

역사처럼 간직하는 것만이, 유지하는 것만이, 보존하는 것만이 능사는 아닌 것처럼 받아들일 것은 수용하고, 고쳐 나갈 것은 과감하게 고쳐나가는 삶의 철학은 이제 우리들의 과제로 남았다.

고려청자, 조선백자를 논하던 우리의 옛 정취는 고전 속에서 숨 쉬고 있다. 고이고이 잘 보존하여 본체가 갖고 있는 것보다 더 훌륭한 것으로 소장하고 있는 것이 더 나은 관리라고 하기에는 모든 것에 역사가 있는 것이고, 전례가 있는 것인데 무턱대고 바꾸면 쓸쓸하지 않겠는가.

하루가 다르게 달라지고 있다. 달라지는 만큼 선택도 역시 변화를 가져와 삶이 그 자리에 머물러 있기에는 후진만 계속하는 느낌이다.

어릴 때 우리 집은 기와집이었다. 기와의 낱장이 첩첩이 다 듬어진 기왓장과 서까래는 아버지가 올라가 한 장 한 장 우리 집을 손수 지으신 하늘 아래 꿈같이 좋은 우리 마누라와 자식과 살기 위한 운치 있는 기와집이었다.

동네에는 많온 슬레이트 지붕 집들이 있었는데, 날이 뜨거워지면서 그 슬레이트 지붕이 더 뜨거워지자 집주인들은 기와를 이어서 지붕을 바꾸었다.

하늘에서 내리쬐는 햇볕을 받으며 땀방울 떨어지는 그 지붕 위의 정취는 온데간데없고, 위층 아래층 하는 층간소음으로 다른 문제를 가져오고 있다.

"그 옛날은 참 허허벌판도 많았는데 허허 참. 지붕 위에 올라가 세상을 보면 기왓장은 넓은 들판 위의 한 판의 휴식처 같았다니까!"

생활의 변화가 오고 인구의 이동이 시작되면서 사람들은 편리함과 만족함 사이에서 포기할 것은 포기하면서 또 다른 삶의 주거형태를 선택했다.

당연한 것이다. 며칠 전 차를 타고 가면서 '투쟁'하면서 재건축에 들어간 동네 상가들의 투지를 바라보면서 '이 골목이 또 모두 아파트로 변신하는구나' 하며 한참을 상가들의 닫혀진 문의 문구들을 쳐다봤다. 사수.

흙을 밟고 사는 삶이 줄어들었다. 생명이 숨 쉬는 그 흙을 양손으로 담아 포르르 내리쏟으며 흙에서 오는 것들에 감사를 생각하는 생활의 여유마저 저만치 물러갔다. 질퍽한 논길을 걷던 그 자리에는 벼가 익어가고 도랑마다 맑은 물이 차고, 허수아비가 있는 시골은 농부아저씨의 노고로 발전했다.

비교할 수 없을 만큼, 비교하기에는 이제 너무 차이가 생긴 세상이여. 달라진 세상은 우리들의 아빠, 엄마의 직업까지 변화를 가져와 세상의 직업들도 다양하다. 먹고사는 일이 우선인 인간사에 맞춰 직업의 변화는 그에 따른 다양한 사람들의 생활 변화를 추구하였고, 거기서 파생되는 수많은 삶의 행선지는 각계각층에서 발돋움했다.

'사람이 사는 동안 행복은 무엇인가'를 바라보는 시점에서 내 가족의 그리고 내 행복을 위해 '일하고, 즐기고, 사랑한다'는 세 가지 원칙을 살리며 그에 맞는 행진을 하고 있다.

더 나은 삶의 발전을 위해 꾸준히 교육의 혁명을 가져오며 자식의 인생을 바꿔 놓을 것은 교육이 우선이라고 생활비의 절반 이상을 교육비에 투자하며 내 자식의 꿈을 실현시키고 있다.

아침부터 저녁까지 턱까지 차오르는 일터의 순환 속에서 정말 열 터지게 일하는 이유는 사람은 일하며 다른 세계를 만나다는 논리 속에 주 5일을 꾀부리지 않고 일한다. 이제 잔꾀부리는 사원은 적어졌다. 일이 있어야 내 가족이 생활 할 수 있고 그 일로 인해 윤택한 삶의 지평을 이룰 수 있기에 가진 직업에 감사하는 오늘이 되었다.

일만 하고 살 수는 없는 인간들의 진정한 행복의 추구권은 '휴식'이라는 절체절명의 삶의 여유를 원하면서 드디어 인간은 여가와 취미와 여행까지 남은 시간을 가능하면 재밌게, 가능하면 활기차게 보내려는 삶의 여유까지 챙기는 오늘이다.

허튼 미래란 말인가. 그 옛날 우리는 전화를 들고 다니는 세상을, 컴퓨터로 학습하는 세상을, 동네만 한 마트를 만날 생각을 꿈이나 꾸었던가. 상상도 하지 못한 변화다. 기적처럼 날로 변하고 있는 세상을 때에 맞게 맞춰가며 놀라지도 말고, 받아들이며 가장 적절하게 살면 되는 것이다.

지금 당신은 무엇을 하고 있는가. 지금 당신은 무엇을 설계하고 있는가.

맥 빠지게 별 볼 일 없는 사랑을 하다 그저 그렇게 왔다가는 인생을 살까 봐 애써 허무를 달고 심드렁해 누워 있지 마라.

보시라. 기억조차 없던. 점쳐보지도 못한 그리고 내 것이라고 믿지도 않았던 것들이 오고 있지 않은가. 지금만이 당신의 정확한 현실이다.

끈끈한 정처럼, 마지막까지 변하지 않는 핏줄의 정처럼 세상은 온통 변하더라도 당신의 가족은 변하지 않으리라. 그것을 지키기 위해 비교할 수 없을 만큼 커다란 변화가 오더라도 적응하면 된다. 삶은 그렇더라. 좋은 날이 있으면 흐린 날도 있고, 어려운 구석인지 알았는데 그것이 오히려 차선이 최선이 되기도 하는 것이더라.

여름이 오고 있는 밤길조차도 변했다. 내가 어릴 때 걷던 그 길은 "엄마야"하며 누구라도 지나가면 소리치며 달 따라 달렸는데, 이제는 불빛에 지나가는 사람이 있어도 무심히 비켜선다. 반달은 따라도 안 온다.

비교할 수 없을 만큼 내 마음이 서서히 흡족해지길 바라는 이 밤이다.

하고 싶은 말

묵묵히, 그리고 척척히 쌓아두었던 말이고 꺼내려다 묵혀버린 말이고 여러 생각 속에 내 마음이 이러했노라고 한 번쯤 해주고 싶었으나 다시 드러내 건드리면 정말로 우리가 어쩌면 멀어질지도 모른다는 생각으로 그냥 덮었던 시절도 있었으리라.

어찌 마음의 말들을 다 하고 살겠냐고 나를 이해시키며 말을 닫았고, 말은 안 할수록 적게 할수록 그리고 하고 싶은 말을 참아낼수록 나중에 만족해지는 것이라고 견뎌내었던 나의 말에게 박수라도 혼자 쳐주고 싶었던 밤이 올 거라고 입술을 앙 물었다.

그런 밤이 오면, 오늘 내가 한 말을 자세히 세밀하게 떠올려보는 그런 늦은 밤이 오면 더 이상은 후회도 없을 혼란 앞에서 잘 참고 자신을 누그러트렸다고, 잠들기 좋은 자정 넘어서의 시간이 되리라.

별들은 언제나 말이 없었다. 나도 그렇게 별처럼 말이 없고 싶었다. 하고 싶은 말을 지켜주는 나 자신이길 몹시도 바라기도 했다. 다 보고 지켜보고 있는 밤이면 "넌, 이래서 너는 그래서 그이는 그렇기 때문에"하고 염장에 불을 지르듯이 타박도 하고 싶던 모든 것을 너그러이 잠재우고 그저 반짝이고 있는 별을 닮고 싶었다.

하여 맘속에 그렇게 말들을 지우고 묵묵하게 하던 것이 언젠가는 나를 지치게도 할지도 모른다는 것을 알았기 때문에, 세게 아주 거칠게 한마디쯤 너를 향해 내 그칠 줄 모르는 성깔을 보이고 싶은 날들에게 나는 못을 박고 있다.

그렇게 한들 무엇이 달라진단 말인가. 그렇게 모질어서 무엇이 나를 웃게 한단 말인가! 함께 차를 마시고, 때로는 좋은 말도 나누었던 그들과 희비를 나누는 동안 위로도 나누었던 사람들과의 내 인연의 친구들에게 무슨 말을 던지는 어리석은 광기를 토로한단 말인가.

나는 절대로 고마웠던 순간을 잊지 않는다. 나는 절대로 행복하게 해주었던 사람을 잊지 않는다. 그리고 또 나는 절대로 나를 생각해주며 함께 했던 이를 잊지 않는다.

아무리 서러운 맘이 왔다 갔다 한들 그때의 그 순간을 잊지 않는다면, 더는 하고 싶은 말을 하고 싶던 대답을 다 쏟아내지 못하는 게 도리다.

사람의 마음을 다녀왔다 가는 것도 아닌, 열길 물 속은 알지만 한 길 사람 맘속은 모른다는 처절한 사람 맘 앞에서 그래도 한 가지는 남아 있다.

나는 그이를 아는 사람이라는 것이다. 난, 정말이지 그 사람을 알고 있었고 그 사람의 아름다운 부분을 지켜보던 순간이 있었다는 것이다.

“아름다운 것을 지키세요. 끝까지.”

그렇게 말해주고 싶었다. 끝까지, 영원히.

허나 우리 인생살이에 그것을 지켜내지 못했더라도 아름다운 행동을 결국은 깼더라도 기억하고 있지 않는가. 그 사람이 내게 했던 그 날들을.

그 사람은 그런 사람이었다. 적어도 내가 바라보는 내가 아는. 속상한 일이 있어도 참는 모습으로 다가왔고, 쓸쓸할 때도 그 쓸쓸함을 제 것으로 하지 않고 좋은 것을 만나는 날이 있을 거라고 더 좋은 것을 믿는 사람이었다. 그리하여 나는 그 사람의 절망을 믿기 어려웠고 혹시나 어두운 힘든 상황이라 하더라도 금방 그 길을 밝게 빛낼 수 있는 능력 있는 사람으로 바라봤다.

세상이 마음 같지 않아 그이가 가는 길에 가시가 있었더라도 훌훌 털어버려 가시덤불이나 모래구덩이에서조차도 얼굴과 몸을 일으켜 세워 손으로 쏘옥 볼에 묻은 오물들을 털면서 "나야, 나니까" 할 사람으로 생각했다.

그의 어수선한 시간들이 아주 길어져서 소식이 끊기고 연락이 되지 않았을 때도, 좋은 시간이 오면 찾아 주리라는 기대는 한 번도 흔들린 적이 없는…….

사람이 사람을, 사람이 사람에게, 좋은 기억으로 남아 있고 싶은 좋은 사람으로 남겨지고 싶은 마음이야 아로새기겠지만 어쩌다 그대 맘 내 맘과 달리 다른 길 앞에서도 우리는 한 가지가 남아 있어야 한다. 물 맑은 소리에 손 담그면 마냥 좋다 하나, 흐린 물속에 손 담그면서도 씻어지는 그 얼룩진 깊은 기억 말이다.

그래서 때로는 섭섭한 사람으로 일어나 앉아 다그치고 싶었으나 참았고, 내 말의 언쟁을 가다듬고, 아주 숨어들 듯 아무 말도 하지 않았다. 지친다고 소리치지 않는 그의 웃음 앞에, 차라리 허무한 표정이라도 지었으면 더는 밉지 않았을 텐데 무던히도 좋은 척만 했던 그이를 향하여, 내 마음의 하고 싶은 말, 하고 싶던 대답을 참아서 우리는 얼마나 편한지 모른다. 그럴까?

숨넘어가게 하고 싶은 말, 하지 않고서는 못 배기는 말은 여름의 태양 찾아 지금 저 자리에서 너울대고 있다.

햇볕은 행복한 사람만 찾아 비추지 않고
만인에게 공평하게 비추고 있다.
헉헉대며 여름빛에 물러나라고 한들
공평한 그 빛이 물러날 구석이라고는 찾을 길 없는
한여름에 다시는 못 만나더라도 다시는 못 볼지라도,
그래도 언젠가는 만나지는 날이 올 거라는 희열처럼.
여름은 지나치리만치 뜨겁다.

뜨거웠던 그 여름에 쑥스럽게 어울리지도 않는 원피스를 입고 나에게 주려고 저만치부터 샌드위치를 사들고 왔던 내가 알던 그 목소리, 그 표정.

내가 알고 있는 것을 당신도 알고 있다. 내가 알고 있는 것을 당신이야 어째서 잊었겠는가.

탓하지 마라, 흠집 내지 마시오. 그래서 어쨌단 말이오. 그저 한번 봤으면 했던 오가는 시간의 언저리에서 이렇게 차를 마시려고 앉아 있으니, 참으로 믿었던 그 날이 정말 오기는 오는구나, 그것이 전부인 것을.

우리가 처음 낯선 사람에서 아는 사람으로 바뀌는 그 자리에는 독특한 드레스를 눈을 홀릴 것처럼 전시해 놓은 쇼윈도가 있었고, 뒤돌아 걷다 보면 그 거리에는 고즈넉한 첨싱처럼 벽돌 벽들이 주르륵 끝도 없이 길었던 둘만이 똑같이 기억하는 장소가 있었다.

내가 그 드레스의 장식을 자세히 보고 싶다고 다시 한 번 그 거리를 돌아 걷자고 하자 "또 자세히?" 흉내 내듯 말하며 무던히 내 말에 따라주던 사람. 발돋움하여 바라보는 드레스의 색깔과 디자인과 마네킹에 달린 티아라, 유리에 비친 장식.

시샘도 많았던 젊은 날이 있었으니, 친구여. 나의 젊은 날을 보고 지낸 내 친구여.보고 싶었다는 말 대신에 이런 말을 하고 싶구려.

나는 세상이 온통 내 것처럼 마음이 아주 평화로운 시절에도, 시간이 지나 그리 탐탁지 않은 것들을 만나면서 살았던 시절에도 웃는 것을 멈추지 않았소. 그래야 더 살아낼 수 있다고 생각한 이유로.

하고 싶은 말은 이것인데, 설명이 되었소.

제발 이해할 수 있길 바라오.

따루샤 따루샤 데이 음파음파

그런 날에는 어찌 마음을 다스려야 할지 모르는, 차마 울 수조차 없는 마음을 가누지 못하는 그런 날에는. 물론 아무 일도 아니었다. 아무렇지도 않다고 생각하면 아무것도 아니었다.

지나간 것을 들춰내어 그때 그럴 수밖에 없었냐고 혹은 너는 언제나 남의 말을 듣지 않고 고집에 더한 옹고집을 피우다가 그렇게 스스로를 생채기를 내고야 그때서야 자신으로 돌아오는 진통을 감내하는 지독한 습성이 있다는 독한 말을 들었을 뿐이다. 누가, 당신이 아끼던 사람으로부터 당신을 채근하는.

낮에도 조명등이 아래로, 아래로 뻗어가듯 불빛들을 자랑하고 있었다. 세상의 잘난 이들의 자랑 앞에서 조명들은 더 화려하게 더 드러나듯 자랑질만 향하여 번득이게 비추어 주고 있었다. 삶의 고통은 못 본 척 내쳐버리고, 있는 힘껏 자랑스러워 뽐내는 것들을 향하여 무수히 반짝이고 있다.

머물듯 어쩌면 감추고 싶은 것들은 알아서 자신을 가려 조명 불빛을 거부하고 있는지 모른다.

둥그런 등에 형광 불빛이 참한 빛을 내며, 투명하게 하고 있다.

"그것이 뭔데, 아무렇지도 않아. 내 마음에 일어난 파도일 뿐. 아주 잠시, 왔다가 지나가는 파도일 뿐."

회오리 무진장 치는 밤. 그저 유치환 님의 시만 아련하게 읊조린다.

"파도야 어쩌란 말이냐. 파도야 어쩌란 말이냐."

그것이 어떤 말이든 그것이 무슨 사연이든, 그를 아는 사람이 자신에 대해 해서는 안 되는, 하면 마음이 부스러지고 찌릿하고 숨줄이 막힐 것 같은 상처의 이야기 앞에 모진 시간의 굴레를 벗어내지 못하고 시간이 흐르고 있다.

그 말은 하지 말아야 할 말이었다. 그 이야기는 당신이 모르는 더 짙은 사연이 숨겨져 있기 때문에, 그를 잘 안다고 생각하는 당신은 그 말을 꺼내서는 안 되는 사람이었다.

마치, 대단하게 그의 사연을 다 알고 있다는 듯이 지나간 날들의 생채기를 꺼내들어 모질고 쓰라리게 당신이 그 말을 꺼내자마자, 이제는 더는 우리에게는 비밀이 존재하지 않고 쪼개듯 날아갔다.

인간과 인간의 사연 앞에 혹시나 당신이 먼저 꺼내서 한 사람의 마음을 짓누르지 마라.

왜 하필이면 당신이 그런 역할을 해야 하는가. 왜 당신이 말하는 그 심리가 틀린 것이라고 생각을 못했는가. 인생의 한 자락만이 알고 있는 인생의 거친 사연은 그 사람의 몫이다.

당신이 꺼내지 마라, 당신은 당신의 인생이나 말해라. 허무맹랑하게 그가 아무렇지도 않게 훌훌 털 수 있는 것은 그런 사연이 숨어있기 때문이다.

우리는 진짜 자신의 속사정은 절대 꺼내들지 않으면서 남들의 아픈 구석은 참 재미있게도 이야기한다. 거역하듯 그리고 아주 온전하게 당신의 상처도 체크해 봐라.

그렇다, 나도 내 지나간 싫은 사연을 들추기도 싫은데, 감히 당신이 남의 사연을 말하니 오죽이나 번잡하겠는가.

마음이 아파 울지도 못하는 사람에게 돌을 던지니까 쪼개지더라. 그것이 당신에게는 즐거움이 되어서는 안 된다. 모질게 살지 마라. 아마도 그는 그렇게 방에 가만히 앉아 위안을 스스로 하고 있을지도 모를 일이다. 문 잠그고, 입술 잡아당기고, 방울 떨어지는 눈물을 꾹꾹 누르며 무엇 때문에 그리도 아픈 말을 하는지 그 까닭도 이해하기 싫어하며,

가늘게 떨고 지쳐서 떨고 억울하게 호흡 약해지면서 가장 기대었던 그 사람을 부르는 날들이여. 제발 너무 상처받지 않았기를 제발. 너무 마음에 굵은 기둥 세워 부들부들 애처롭지 말기를.

당신께서 위로해 주시기를 바라며, 다가온 당신께서 한마디라도 하시면, "내가 많이 마음이 서러운데, 나 안 울 거다. 더 늦게 왔으면 안 보려 했는데 알았어?" 어리광도 피우는.

따루샤 따루샤 데이 음파음파

따루샤 따루샤 데이 음파음파,

허망하듯 노래라도 불러대면서 나뭇가지 하나 집고 잡아채면서 노래라도 부르면, 너에게 우리 그대에게 그런 흥이 있었는지 몰랐다고 마치 놀리듯이 귀여워하던 그대와 나의 거리. 이 거리를 걷던 날 우리는 웃어야 할 일이 많은 날들이었다.

살아가는 일이 산다는 것이 아무리 허허로운 삶 속에서도 곳곳에 피어나는 정겨움처럼 이렇게 아름다운 것도 가져다준다고 믿었던 나날이여.

"준비다"하며, 내가 당신의 전화를 기다리며 마음 치대듯 기다릴 때 마침 그때 딱 맞춰 오는 사랑의 기쁨이여.

도저히 찾아낼 수도 없을 것 같은 그 거리에는 여름빛이 새어 나와 땀도 뽀송해지는 더할 수 없는 사랑의 환희는, 이보다 더 이상 좋을 수 없는 삶의 또 하나의 요동이다. 여름날의 사랑은 물 타고 나에게로 스며들어 당신을 주저앉도록 강하게 물들게 한다. 사랑은 좋은 것인가 보다.

매미는 우리의 사랑을 보고 울지 않고
자신의 사랑으로 울어대더라.

당신은 가려지지도 않는 그 넓은 수풀에서
오직 나를 위해서만 거들며 놓지 않았다.
사람과 사람이 좋아지는 것보다
더 기쁜 것이 없기라도 한 것처럼,
우리는 날카로운 상처 앞에서도 서로를 저버리지 않는다.
대수로울 것 없다.
어쩔 수 없는 일들은 그냥 두면 되는 것처럼.

정말 마음에 아픔이 왔다가는 사연과 말들 앞에 두 눈 질끔 감고 잊으시라. 보듬어주고 싶던 오래 간직하고 싶었던 것들도 때가 되면 잊을 수밖에 없는 것으로 지웠던 마음들이 얼마나 많았는가.

잊어버리시라. 아무것도 안 들은 것처럼 아무 것도 못 들은 것처럼 그리고 나서, 나를 쓰라리게 한 사람을 어처구니없게 쳐다보다가 고개를 돌려라. 누구에게나 힘든 시간은 있었던 것이고, 누구나 어쩔 수 없는 것들 앞에서는 갈 길도 잃기도 하는 것을.

타인이 당신에 대해 눈짓하거든, 비켜주시라.

사람을 잘 못 만나 아프던 시간을 만나기도 하고, 마음처럼 안 되어 실수를 하기도 했던 날들에 그렇게 나는 달래기도 했다.

당신의 사연을 전부 알지 못하는 것처럼, 당신도 누구의 사연을 알지 못하는 것이 긴긴 날들의 이야기다.

곳곳마다 대단히 재치있게 타고난 재주꾼이여, 힘내시오.

입 다무시고 해보시오.

“따루샤 따루샤 데이 음파 음파.”

품위는 그렇게 생겼습니까

매우 시니컬하게, 소리도 없이 내리는 비에 문을 열고 알았다. 닫힌 문에서는 빗소리는 들리지 않았다. 창문의 커튼을 열어젖히면, 비가 내리는 물줄기를 보고 알았으리라.

그 여름 뒤뜰에 철망 친 뒷산을 배경으로 마루 뒤 쪽문을 열면 창호지는 적시지 못하고 기둥을 타고 내리는 처마에서 똑똑 떨어지는 비를 바라볼 수 있었다. 여름의 더위를 한풀 꺾이게 하듯이 비는 공기를 가르고 차분하게 그리고 수직으로 내려 이글거리는 태양빛을 녹여내고 있기도 했다.

모시적삼 입은 할아버지의 그 시원한 옷섶으로도 바람 한 점 찾을 길 없는 쨍쨍 햇빛을 가르고 처마에서 내리는 비는 문 아래 풀잎들을 적시며 뒷산의 배경이 온통 초록으로 보이도록 줄을 그어대며 여름비를 뿌리고 있다.

나무 창문의 격자 모양이 선명해지면서 열려둔 문의 창호지에 한 방울의 빗물이 튀겨 흐릿한 시야에 세상이 열리고 있다.

창문은 적시어지면서 더욱 질겨지는 창호지 문처럼 결무늬 따라 젖어든다. 언제까지 내리는 비를 보려고 문을 닫지 않을지 모른다. 더 바라보고 싶은 마음에 문을 못 닫고, 양문의 틈새로 문고리가 쇠붙이인 것만 확인하며 끝없는 하늘을 문 위로 들여다본다.

하늘이 내려 주시는 비처럼, 하늘이 내려 주시는 기쁨도 오려나. 내리는 비를 바라보고 있거나 빗소리를 듣고 있으면 살아갈 날들에 대한 또 다른 희망을 재촉한다.

"기쁨은 어디서 오는가."

빗방울은 섬섬옥수로 하나의 나뭇잎에 하나의 꽃잎에 그리고 땅속 깊이 스며들어 모든 것을 적셔주고 새롭게 씻어내려준다. 움직이는 나뭇잎에 초록선이 짙어지고 꽃잎이 더 크게 잎이 벌어지면 그 사이로 비가 담겨 또로롱 더욱 경쾌해지는 자연이다.

“또 다른 날들이 있으리라. 아직 내 것이 되지 않았을 뿐이다. 지금 저 비처럼 다투어 오리라. 마음 가라앉히며 기다리리라.”

비가 내리는 날이다. 비처럼 사람 마음에 휘젓듯이 스며드는 것이 무엇이 있을까. 내게만 내리는 비도 아니건만 내게 특별히 더 많은 것을 전하는 빗줄기도 아닌데 참으로 신비하게 비가 주는 마음의 갈림은 크기만 하다.

점점 빗줄기가 세지면서, 사람들의 발걸음은 더욱 분주해져서 온통 우산과 발걸음만 동동 거리를 채우고 있다.

한여름의 저 비는 곡물을 일으켜 세우고, 굳건하게 숲을 지키던 나무를 건재하게 뿌리째 타는 목마름을 재워주면서 뜰의 자연까지 싱그럽게 한다.

내 어릴 때부터 내리던 그 비를, 어른이 된 지금도 맞을 수 있으니 비는 아마도 내 마음의 향수인가보다. 마냥 마음을 흔들어 놓는다. 어릴 때는 비가 내리면 흙탕물에 발이 젖을까봐 장화를 신는 준비부터 했는데, 아름다움을 가꾸던 그 젊은 날에는 가방 속에 넣을 작은 양산을 찾기에 바빴는데, 지금 그 비를 바라보며 나는 인생을 생각한다.

내 인생만 버겁다고 말했지 당신 인생을 몰라 섭섭했을지도 몰라. 다 그런데 말이야. 그런데 아무도 다 말하지는 않잖아. 듣고나 있어? 고통은 차츰 수그러들기도 한다는데, 그래서 어쨌다는 거야, 너도 말하지 않고 있는 거라고?

그랬구나.

무던히도 꿈꾸었던 날들에 환희를 뿌리듯이 여름은 확연하게 내게 빗물을 선사하고 있다. 비를 맞고 있으면서도 목마르면 너무 심한 것 아닌가. 비가 적셔 주는데도 아직도 더 갈망하며 바라는 것이 있다면, 사무친다.

아직 못다 한, 아직은 저버리지 못한, 아직도 남아 있는 내 삶의 근본적인 추구는 뼛속마저도 저릿하게 하는 편린들을 쥐어짜고 있다. 한꺼번에 다 그것들이 내 것이 되지는 않겠지만, 믿어가면서 소소히 높아지게 만들었던 것들을 들여다본다.

비 때문에 나가지도 못하고 내 안에 있는 것들을 다 끌어내고 있다. 타인들은 빗속을 걷고 있는데 나는 비를 들여다보고만 있다. 언제나 그랬기 때문에 더 깊어지기만 했다. 이렇게 마음에 있는 것들을 다 끌어내놓는 것은 가능하면 하지 않으려는데 다시 펼치고 있었다.

필요 없는 것을 버리지 못하는 내 습관 때문에 그깟 것 버려버리면 되었을 것을, 전혀 아깝지도 않은 것을. 빗줄기에 찢어진 나부랭이처럼.

비는 다 씻을 수 있다니까.

그러하니 당신의 품위를 빗물에 씻으시오. 잠시 잠깐 생각을 잘못하여 사연을 잘못 이해하여, 사람을 잘못 만나 품위가 격하됐다면 빗물에게만 그렇게 말하시오.

"쓸데없는 것인 줄 모르고, 내가, 내가 말이야. 하여, 판단할 능력이 모자랐소. 이제는 알아. 빗물이 일러 주더군. 쓸데없다고, 필요 없어진다고."

나는 아주 조용히 사는 것을 좋아하며, 나는 아주 심심해하지도 않는다. 나를 건드리지 않으면 뒤돌아볼 필요도 없이 그대로 냉정한 마음으로 침착함을 잃지 않고 가만있고 싶다.

"조용히 살아."

하지만 삶은 그렇게 나를 가만있게 하지 않고 가끔은 냉정을 잃게 노하게도, 얼음 아그작 씹으며 삶을 향해 뒷걸음치게도 했다.

이제는 내가 꼼짝도 않자, 여름의 물빛은 내리다가 멈추다가, 오는가 하며 뒤돌아보면 안 오다가 뒤에서 나의 눈을 가리며 서프라이즈를 해주는 방법으로 생각보다 더 기나긴 여정으로 그 자리에 서있다.

그때부터 나는 분노하지도 않고, 미워하던 마음도 없어지게 하는 그리고 다시는 꺼내들지도 않는 나와는 무관한 것을 무시해 내색하지도 않는, 그리하여 마음이 넉넉해져 더 이상은 뾰족할 필요가 없어진 내가 되기 시작했다.

상관하지 않으니,

더 이상 내 감정의 폭을 드러내지 않으니

타인은 나에게 "품위 있다고 하더라."

아! 품위는 그렇게 생겼습니까.

품위는 그리하면 되는 것입니까.

비가 더 거세어지면서 그 빗줄기를 피하는 세상만사가 보인다. 사람도 적시는 비가, 만물이야 안 적실까마는 살아있는 것들이 어찌 피하지 않고 맞고만 있겠는가.

저 새 한 마리, 까치가 왔다. 호들갑을 떨며 비를 피하는데 그 까치는 온몸 적신 가지런하지 않은 털마저 빗물에 씻긴 채 한쪽 난간으로 몸을 피해 비를 지켜보고 있다. 그 눈빛이 정황을 바라보는, 인간처럼 비가 그치고서야 다시 날아가려는 그 새를 바라보면서 한참을, 품위는 지켜보고 난 후에 행동하는 것인가 한다.

고스란히 눈으로 빗줄기를 바라보면서, 언제 그치나 기다리면서, 때가 되면 서둘지 않고 한쪽으로 가서는 "내 품위야" 하고 있었다.

그대가 부르는 소리

'남자를 사랑하는 것은 햇빛을 사랑하는 것과 같다.'

어이하여, 이 잘난 남자가 많은 세상에 그대처럼 멋진 남자가 아직 내 사람이 아니란 말인가. 잘난 남자들이 누구의 남편이 되어 엄청 멋들어지게 여자의 인생을 살맛나게 해주고 있다는 사실 앞에 슬그미 질투하는가.

그 남자의 선택을 받기 위해 하나하나 저장을 한다. 그 남자의 심장에 꽂을 분명한 초점을. 그리하여 그녀가 그 잘난 남자를 가졌을 때, 다른 여자들은 그렇게 말했다.

"무엇에 홀려서 저 여자를 낚아챘을까. 저 정도는 흔한데, 무슨 묘약이 있어서 저 멋진 남자를 쟁취했을까."

과연 흔한 여자인가 지금부터 따져보는 거야. 머리부터 발끝까지 잔털 하나 남기지 말고 계산해 보는 거야. 정작 내 계산이 틀렸을지라도, 어쩌나 이미 그 여자는 세상 사람들이 다 원하는 그 남자를 가졌으니. 가진 사람 앞에 무슨 계산이 필요하단 말인가.

그 남자가 그녀에게 눈빛을 던지며 "나는 알아요. 바탕이 아름다운 사람이라는 것을 알아요."하고 말했을 때 그녀는 나를 예쁘듯 봐주는 고마운 사람이라는 것을 바로 알았다.

하물며 그윽한 이미지인지도 모를 그녀가 그 잘난 남자 눈에 깊숙이 바탕까지 아름다운 사람이 되어 사랑은 시작되었다. 그의 눈앞에는 그녀가 꼭짓점이었다. 뽑히고 나니 사람들은 그렇게 말했다. 그가 그녀를 좋아한 것을 모르고, 그녀가 그를 혼을 앗아갈 묘책을 쓴 것이라고 수군댔다.

기름 한 방울 바르지 않은 머리카락으로, 향내 자극하는 몸의 라인을 드러내지도 않고 우리는 함께 많이 걸었다. 그 남자가 함께 걷는 것을 좋아해서 같이 걸어주었다.

화려하지 않고 러플조차 없는, 아주 릴랙스하게 그리고 답답하지 않은 무채색의 옷을 입고, 때로는 다른 분위기의 모습으로 웃고, 그 남자가 좋은 이야기를 하면 대뜸 거절하다가 받아들이며 팔짱끼고 걸어주었다. 그 남자가 날이 갈수록 그녀를 좋아해 주었고 끊임없이 그녀를 원했다.

결국 가장 좋은 방법은 같이 사는 것이라고 생각하게 이르러 둘은 한 집에서 살면서 '서로의 사람'이 되었다. 많고 많은 사람들은 그렇게 말했다. 그림처럼 보기 좋은 커플이다.

그런데 그 남자 내가 참 좋아하는 스타일인데 '저 여자, 질투 나서 어쩌지. 나도 저런 남자랑 한 번 살아봤으면.'

맞다. 좋은 사람과는 살아야 한다. 좋은 사람과 살아야 더 좋다.

그 여자는 그날부터 무슨 특별한 것이 있는가 탐색되었다. 여자는 가볍게 다니는 습관이 있었다. 때로는 독한 모습도 있는 듯했다. 그런데도 언제나 산뜻한 모습이었다. 화를 내도 그 모습이 붉으락푸르락 서두를 것 같지도 않은 모습으로, 좋아서 한없이 뛸 때도 그러다가 잔잔한 모습으로 되돌아올 것 같은 그런 모습이 자주 엿보였다.

신기하게도 여자는 새삼스럽게 이해하는 모습도 보이고는 했는데 그것이 그녀의 장점이었다. 심각한 것이 없었다. 그 남자는 그녀의 그토록 청량한 순수한 이면에 반했나 보다. 그 남자가 가장 좋아하는 것을 갖고 있는 바로 그것.

여자는 능청스러운 요사도 안 떨었고 그렇다고 타고난 수단가는 더욱 아니었다. 그저 다분히 여성적인 매력을 가장 많이 가진 여자였을 뿐이다. 아마도 그녀가 그 잘난 남자의 덕분이 아니었다면 평범하게 아이를 업고 동네를 걸으며, 포대기 두들기며 보채는 아이를 이쪽으로 한 번, 저쪽으로 한 번씩 달래고 있는 사치도 없는 아낙네였을 것이다.

사람은 그가 원하는 사람에 의해 다른 삶을 살고 있다. 그 남자가 그의 환경에 그 여자를 데려다 놓아 어느덧 멋진 사람의 여자가 되어 버렸다. 요술도 안 부렸는데……. 수단과 끼를 부려서 달라질 인생이라면 한번쯤 도전하고 싶은 삶의 모퉁이를 많은 여자들이 놀고 있다. 아니면 그저 좋아서 사랑 하나만 보고 그 남자에 빠져 자신을 푹 내던지고 자족하며 사는 방법도 있다.

선택에 따라 달라지는 여자의 인생이 어찌 여자만의 행로이겠는가. 그 여자가 선택하는 그 길에는 바로 결정지어야 하는 목적이 있었을 것이고, 맺지 않고서는 되지 않을 몸달은 애정이 있었을 것이고, 때가 돼서 받아들여야 할 여자의 일생이 있었기도 할 것이다.

한가한 사루비아는 여름날의 녹초가 되는
더위보다 질게 사랑을 파고들게 한다.
그 남자의 여자가 되기까지 쉽지는 않았을,
연애의 장에는 재고 따지고 할 것도 없이
운명이라는 열쇠가 길처럼 놓여 있었다.

선택의 어려움만큼이나 내 것이 되기에는 말로 하기 힘든, 절묘한 인생의 순간이 있더라. 나는 그런 것을 감지했다. 많은 남자와 여자들이 서로의 사람을 한눈에 알아보지 못한 채 어긋난 사랑도 했다가 빗나간 애정에 시무룩한 나이를 먹어가며 나와 맞는 사람을 찾고 있다.

영원히 혼자일 것 같은 그 여자의 일생에도 누군가 나타나는 신기한 인생. 알 수도, 알아버릴 수도 없는 미래의 사랑하는 남과 여는 '내가 가장 중요하게 생각하는 것을 갖고 있는 사람을 선택하는 그 연분'이 눈을 멈추게 한다.

내가 가장 원하는 그 한 가지 때문에 그를, 그녀를 맞는 연인들의 연애의 세계. 모두가 탐내듯 갖고 싶어 하는 사람을 가진 당신이시여. 혹여나 당신의 사랑에 못다 한 말이 있으신가.

"남자들이 나를 쳐다본다"하고 뭇 남성들의 청혼을 받았으면서도 그 구애 앞에 참으로 잘도 거절하여, 드디어 최고의 연인이 된 당신의 현명한 선택이 오늘 불타오르고 있다.

한 사람만 사랑하라는 법은 없는데, "남자들이 나를 쳐다본다"고 의식하면서도 거만하던 당신 앞에 그가 오히려 감사해야 할 일이다.

한 사람만 사랑하는 길을 이제 택하는 데 주저하지 않은 그녀는, 드디어 당신 때문에 그 모든 것을 내려놓고 당신 앞에서 있다.

그대가 부르는 소리가 진하게 온통 들리기 시작했다.

지켜보니 당신이더라.

무엇으로도 감당이 안 되는 무엇으로도 대신할 수도 없는 잘난 남자로 보이는 당신이여. 영원히 받들어 모시라, 이 선택 앞에. 오, 누구도 말릴 수 없는 링과 링, 반지가 겹쳐지고 있다.

신중하게, 언제까지나 마주하고 있을 사람을 갖는다는 게 이리도 길었다니. 그렇게 말해다오.

가는 곳마다 그대였다.

선택 안 할 수가 없었다.

"그저 끌렸다."

숨겨진 마음이거들랑

짙은 빛을 더해 완벽한 초록으로 변화하는 여름만큼, 다가서는 당신이 오시는 소리를 듣는다.

설레지 않는가.

마음 스미듯

그대 잔에. 마음 한 잔, 빗물 한 잔.

사람의 마음이 보이지는 않으나 그 사람의 마음을 읽을 수 있으니 사랑은 보이는 사랑이리라.

나는 그를 오래전에 알았다. 오래전부터 그를 알고 있었다. 물론 그 역시 나를 오래전부터 알고 있었다. 그때부터 기다렸는가 한다. 그도 숨기지 않고 나를 향해 다가선다. 그런데 기껏 한 발자국 물러섰다. 그가 당황한 내색으로 삐졌다. 사랑도 삐뚤어지는가. 진실하지 않았기에 그는 더 이상 나에게로 오지 않는가.

촉촉하게 적셔진 여름비를 털어내는 흔적도 없이 조용히, 스스로 말리고 있던 나뭇잎은 그 여름날의 빛을 향해 어지간히 간지르며 건조되고 있었다.

어찌할 바를 모를 정도로 여름 더위가 피부를, 사람들의 등살을 물컹 땀방울로 흐르게 하던 날들 후에 내린 비가 반갑다. 하지만 어찌 여름다운 그 햇빛의 매력과 마력을 앞설 수 있겠는가 말이다.

사랑처럼 열병처럼 여름의 빛이 흔들어 놓고는 어이없이 돌며 바람을 찾을 때도 "이 여름의 화끈함이 그저 좋더라."하는 마음은 변함이 없었다. 숨길 수 없는 사랑이었다. 내쳐 기다리고 있으니…….

다시는 그에게서 연락이 없으면 어쩌나 하는 생각은 하지 않았다. 그도 나처럼 다시 소식을 전할 마음을 세고 있을지도 모르니까.

사람의 마음이라는 것이 다가오면 다가와서 힘들고 멀어지면 멀어져서 불안한 것일진대, 여름날의 그 저녁의 몰아칠 장맛비처럼 때로는 변덕스럽기도 했다.

허나 사랑이여, 우리가 오래전부터 믿고 믿었을 그대와 나의 숨소리조차 찾아내기 힘들 정도의 애처로운 사랑이여. 어찌 변덕을 떤다 한들 변할 수 있는가 말이다.

잠시 잠깐 마음이 죽 끓듯이 진정을 하리라. 사랑도 진정하면 다시 돌아보는 계기가 될 것이고, 사랑도 진정하면 태연하게 느낄 수 있는 아직은 서투른 우리들의 사랑이여.

궁금했다. 당신께서 나를 궁금해 한 것처럼
나 역시 궁금한 당신이었다.

죄송하다. 아니 그런 척해서
당신 마음을 잠 못 들게 해서,
자존심 상하게 해서,
마음 건드려 더는 당신이 나를 향하여 올 수 있는 마음을 멈춰야 할지도 모른다고 생각하게 해서.

나의 사랑은 그렇게 뜨악하게
보초를 서듯 녹록지 않아야
오래도록 간직할 수 있는 탄탄한 사랑이 되는 줄 알았다.

그것이 당신의 마음을 베어내듯
마음 다치게 하는 것인 줄 몰랐던 나는
아직도 서툰 사랑을 하고 있었구나.
그래도 사랑하여 주시라.

내 사랑의 원천은 그것이었다. 오호, 당신에게 바란 내 마음은 그것이었다.

다시는 안 올 것 같던 것도 다시 오는 순환처럼, 멈추다 또 다가서서 당신의 마음도 다시 나를 향해 애처로울 만치 다가오라. 그 여름처럼 거부할 수 없을 만큼 맞지 않고서는 견딜 수 없는 그대와 나는 한줄기 비를 맞고 같은 마음으로 서 있다. 여름비처럼 속삭이지 않고 다 드러내고 빗물에 온몸 묻어내어 애정 다 드러내고 두 손을 내밀고 있다.

당신이 좋더라, 처음부터 좋더라.

하루종일 얘기하고 싶은 당신이었다.

당신이 그저 좋더라.

녹음방초, 여름비를 피하느라 우산을 펼쳐 든 내 마음에 당신이 다가와 그 우산보다 더 큰 받침대가 되어 주었다.

사랑은 한여름의 열기보다 뜨겁게 사랑은 한여름의 싱숭생숭 보다 더 마음을 오간 데 없게 한다. 그래서 거절하고 싶은 사랑이기도 했다.

태양빛이 무르익듯 거리를 내리쬘 때 여름이려니 하면서 그 빛에 젊음도 맡기고, 노년도 맡기면서 으레 여름이 주고 가는 그 짜릿한 성숙만큼이나 익숙하게 밀쳐내고 있었다. 동그렇게 매만져 주고 있었다.

내가 좋아하던 그리고 그 좋아하는 마음을 잠시 잠깐만 느끼게 해서 서운했던 남보랏빛 나팔꽃은 어른이 된 지금도 여전히 그리운 여름꽃으로 남아있다. 변치 않고. 언제나 그렇다. 언제나 변함없이 그렇거늘 생각을 달리 해봤을 뿐이다.

한 번 좋아했던 것은 늘 좋아하는 마음이 한자리에 머물러 생각나게 하고, 느끼게 하고, 모질게도 맴돌게 하여 서늘해진 내 마음 들쑥날쑥 보채기도 한다.

영원히 변하지 않을 것 같던 것이 어느 날 쓰라리게 변해 있다면 그것은, 문득이 아니고 서서히 지워진 마음처럼 어쩌면 처음부터 내 것이 아닌 것이었을 것이다.

내 것이 아닌 것을 사랑했거나 내 것이 아닌 것에 애착을 보였거나, 내 것이 될 수 없던 것에 대하여 질척거린 시간이 있었다면 오해하지 마시라, 내게서 영원히 없어지게 사라지게 하려는 나에 대한 위로였다.

내가 나에게 하는 위로는 그런 식으로라도 보상해 주고 싶은 마음이다. 허무더라. 그 좋다는 돈으로도 살 수 없고, 그 대단하다는 권력으로도 살 수 없고, 도대체가 끄덕도 안 하는 내 마음으로도 살 수 없었던 마지막 나에 대한 간절함이었다.

나는 다 가질 수 있다고 생각했다. 못 가질 수 있는 것이 내게 무엇이 있으랴 생각되기도 했고, 내가 마음먹었는데 왜 안 될까 하는 마음으로 아집 투성이로 이끌려 여름의 땀띠처럼 돌기가 서기도 했다.

물론, 그것이 인생이더라. 안 되는 것이 있더라, 아니 되는 것 앞에서 숨도 안 쉬고 뒤돌아서면서 다시는 생각도 안 하는 것은 많이 살아본 후에야 할 수 있었다. 길 위에 길이 있다는 것을 믿으면서도, 길 위를 관조하고 있었다.

그 많던 해바라기가 무성하던 어린 시절의 그 마음은 이제 더는 아니더라. 다시는 가질 수 없는 것처럼 다시는 돌아올 수 없는 것처럼, 널따란 해바라기에 숨길 수 있는 마음도 이제는 덜하다.

햇빛이 움츠러들다가 다시 솟아나고 뜨겁다가 다시 쏘듯 후끈한 여름처럼 나는 이제 당신을 서성이듯 찾지 않는다. 그저 바라만 본다.

오시는 당신을, 마음 다해 내 마음을 이야기하며, 더없는 있는 배려로 당신 마음을 보이게 하리라. 쑥스러운 우리의 사랑은 이제 자리를 찾았다. 냉랭한 것만 좋아할 것 같던 우리들의 여름은 이제는 뜨거워도 훌훌 삼켜버릴 것처럼 마냥 좋다. 당신 앞에서 나는 아마도 이 여름의 생기처럼 후드득 쏜살같이 심정 보인 고개는 비스듬히, 그런데도 여전히 꼿꼿하게.

그러려고 싶으시면 계속 그러시라.

숨겨진 마음으로 알겠다.

설령 그립다 한들

까닭 없이 마음 주지 마라.

뜬금없이 흔들리지도 마라.

그런데도 좋으면 그 사람이 내 사람인가 해라.

그 자리에 그대로 서 있는 나무들인들 어찌 태양을 살살 거절할 수 있겠는가. 내리쬐는 태양도 찡그리는 자연을 골라내고 피해 햇빛을 내릴 수 없는 이 볕을 받으면, 이 온기를 받으면 자라고 성숙해지는 것이라고 오히려 자랑삼아 변함없이 여름의 분주한 기운을 온 세상에 퍼트리고 있다.

따사로운 여름 땡볕에 마른 이파리는 지칠 만도 한데 거뜬하게 잎이 더욱 탄력 있는 것을 보면 여름볕을 기다렸나 할 정도로 너끈하다.

무슨 열매인지 몰라 쳐다보고 올려다보고 둘러보아도 알 수 없는 초록 열매. 속 맑은 시큼한 즙 살포시 짜내어 혀를 내밀면 그 한 방울 눈을 생색낼, 더운 연인에게 싱싱한 초록물이라도 떨어트려 줄 것처럼 나뭇잎들과 유사한 색으로 도저히 구분이 안 가도록 열매인지 이파리인지 둥그렇게 모여 있다.

사시사철 변하지 않는다는 소나무는 여름에 지친 듯 그 뾰족한 솔잎들이 메말라 매끈하지 않게 건조해 있고, 거리의 사람 냄새는 한여름의 훅훅하는 더위에 상기된 모습으로 태양을 모시고 있다.

태양은 내가 그토록 보고 싶어 하는, 태양은 나를 그토록 보고 싶어 하는 나에게도 그에게도 여름을 알리고 있다. 말할 수 없이 그리워도 말 한마디 전하지 못하고 끙끙 앓던 우리 마음을 열어 보인 것처럼 온 열기 다해 그리움이 사무치고 있다.

끝이 없도록 같이 있어도 마냥 좋을 것 같던 그와 나 사이에 무슨 일이 있기에 이리도 격조한가. 이 세상에 이토록 마음을 들었다 놨다 하는 감정이 있을까 할 정도로 말 못하다 두드리던 마음을 확인했을 때 그대와 나는 서먹한 연인처럼 딱 그만큼만 표현하고 멈추었다.

나는 더 표현하고 싶었는데, 그대도 더 표현하고 싶으셨는지 모를 이 마음의 사랑의 열기는 적당히 선을 긋고 여름에 몰려갈까 아쉬운 대로 시간이 간다.

사랑은 멈출 수도 멈추어도 안 될 것처럼 자리를 찾지 못하고 확인한 마음이 정말인가 할 정도로 내내 잔잔하다.

튕기지 마시라. 여름아.

그대가 못다 한 마음이 있거들랑 부끄러워하지 말고 전하면 좋을 텐데, 우리의 애틋한 사랑은 여름을 닮아 마음만 타들어 가고 있다.

당신은 "처음부터 원했다"하며 왔다. 당신께서는 사람을 맡기는 재주가 있으신지 우연히 처음 만날 때부터 나를 혼란스럽게 흔들고 있었다.

그렇게 말했었다. "눈을 보면 알아요."

당신께서 잊으셨을, 당신이 잊었을 그 말부터 당신은 시간을 세듯이 내 사람이 되어 주려고 무진장 애쓰셨다. 허무한 굴레 앞에서도 내 편이었다.

'사랑이 오려나 보다', '나도 사랑하는 마음을 가지려나 보다' 하는 생각을 간밤에 했다.

나에게도 사랑이 한여름처럼 쌩하게 정들어, 무덥게 그리하여 걷어차지도 못하게 사랑이 걸어오고 있는지도 모른다는 생각에 잠을 자다 어느새 일어서고 앉으며 함께 하지 못한 그 여름이 못내 애잔했다.

어찌하여 나만 심정 내비치는 마음 붙들고 이 여름의 뜨거움을 스며내고 있고, 찬물 뿌려지는 냉랭한 찬기를 느끼며 사랑처럼 뜨거운 온기 앞에 다시 태어나는 시작의 기쁨을 재촉하는가 말이다.

'당신 생각'을 하고 있었다. 바로 당신 생각을 하고 있었던 것이다.

"반했어요" 하고 말하지 않았지만 나는 당신 생각이 자꾸 났다. 사람이 사람을 좋아하는 감정이라는 것이 이리도 세포마다 신경 쓰여 아연하며 온통 기억마다 당신이라는 것이 신기하기도 했다.

생각마다 당신이라니, 생각마다 당신의 목소리라니.

여름은 당신을 온밤 몰아내지 못하고 있다. 우리들의 여름에 시작하는 사랑이 겨울에도 얼어붙지 않을지 모른다.

설령 그리움이 더해 우리의 사랑이 깊이를 더하고, 더 좋아하는 감정에 아니 보면 하루가 백 년처럼 힘들다 하는 날들이 가더라도 나는 당신의 사랑을 받아들여 보려 한다. 왜냐하면, 내 눈에는 이미 당신이더라.

길을 가다 잃기도 했었다. 그 길을 쳐다보지도 못하고 마음 비우고 있던 내게도 누군가 마음으로 의지할 끄나풀이 하나 있기나 할까 하는 생각을 하던 적이 있었다. 마음 자락 안 내보이기는 선수인 양 조금도 마음 내비치지 않는 내게 들어와 당신은 도저히 거부할 길 없는 헌신적 사랑처럼 화들짝 내게로 다가오고 있었다.

나를 사랑해줘서 고맙다는, 나에게 좋은 감정을 가져줘서 고맙다는, 나의 장점만을 꺼내봐 줘서 감사하다는 말을 굳이 골라 하지 않아도 이미 당신은 그렇게 그런 모습으로 오시더이다. 그러니까 당신은 혹여 민감한 나의 심사조차도 어여삐 여기시는가 한다.

내게 있어 사랑조차도 무엇 그리 대단한 일인가 말이다. 대단하시지도 않은, 거대하시지도 않은 무엇이 나를 변화시키는

"소란스럽지 않은 내 사랑이었으면 한다."

그리하여 당신과 내가 고요히 산책을 하는

여름의 그 자리에 유유자적한 햇빛이 너울대면

나는 그 빛을 손바닥에 받아 당신에게 쏠리게 해주고 싶다.

가 한다. 지금 그런데 어이하여 당신이라는 사람이 이 여름에 내게 대단한 행차로 오시는지 나는 여름의 샘물보다 더한 사랑의 기운 앞에 얼굴 붉히고 있다. 연분홍 곤지도 하지 않았는데 내 얼굴은 이리도 붉어졌는지 모를 일이다.

지나치게 가까워진, 나의 님으로 오시는 이여.

"쑥스러워 당신 눈 못 마주치고 있다."

복숭아의 달콤한 부드러움도 자두의 찡긋한 새콤함도 못 이길 한여름의 사랑 앞에 참외의 흐릿하나 밍밍한 내음도, 나는 아마도 이 여름을 결코 잊지 못할 것 같다. 내 마음은 이미 당신 마음에 다 들켰다.

저 새는 밤새 쉬다가 다시금 간절하더니, 급기야는 쓰르라미보다 더한 소리로 합창해 사랑으로 바꿀 수 있는 환상 앞에 서있다.

"소란스럽지 않은 내 사랑이었으면 한다."

그리하여 당신과 내가 고요히 산책을 하는 여름의 그 자리에 유유자적한 햇빛이 너울대면 나는 그 빛을 손바닥에 받아 당신에게 쏠리게 해주고 싶다.

지친 나의 이마 쓸어내는 내 손을 잡아 "설령 그리움이 여름빛보다 덜했을지라도 우리는 만났을 거다" 하는 진정한 그대와 나의 여름은 왔다가 간다. 언제 그랬냐 싶게 여름은 화려하게 찬란하게 후끈하게 몸부림쳐도 다가오는 서늘한 바람 앞에 아침저녁으로 자리를 내어 줄 거다.

변한 것은 없다. 사랑이 오던 자리에도, 사랑이 가던 자리에도 그 여름처럼. 새벽에서야 바람을 밀고 온 여름빛을 가리려고 열어 놓은 창문을 닫으며 여름 공기가 달라졌음을 알아버린다. 길바닥에서 습기라고는 볼 수도 없는 거리에 물 뿌리며 촉촉한 마음 전한다.

살아야 할 이유가 서로라는 부담은 없다. 나는 그렇게 생각한다. 사랑을 하지 않으려, 오는 사랑을 거부했던 그 어느 날도, 사랑을 부담스러워했던 그 진부한 오만한 날들에도, 한여름의 태양 앞에 분홍 꽃도 파랑 꽃도 잎들을 팔랑이며 그래도 누군가를 그리워했을 거라고 믿는다.

다만, 꼭 사랑하는 사람이어야만 했을까. 어떤 사람이 필요했을까. 당신처럼. 나를 알아봐 주는 눈을 가진 사람을 원하고 있었을지 모른다.

사랑은 쉽지 않더라, 아시지 않는가. 설령 그립다 하더라도 그저 잠재우는 사랑도 많지 않은가.

이제 당신 손에 물들이는 봉숭아 꽃물처럼 나는 이 사랑을 해보리라. 태양빛끼리 어울려 내 손톱에 파고들어 기억마다 당신 때문에 좋았던, 봉숭아 숫기처럼 나는 이 사랑을 받아들이리라.

기억하는가 당신은, 당신이 나를 좋다는 소리를 했을 때 바로 그렇게 말했던 그 마음을, "네, 그럴게요" 하며 여름보다 재빠르게 당신에게 대답했던 그 사랑의 소리를. 진정, 사랑도 보여야 하는 거라면 보이지 않으면 멀어질 수도 있는 것이 사랑이라면, 역시 애썼을 당신 앞에 이렇게 당신 마음 허전하지 않도록 보일 생각이다. 나는 "당신 생각을 하고 있었다니까요." 자연이 주는 바람에 의지할 수 없을 만큼 한참 가는 더위라도, 천천히 내 사랑의 깊이가 차츰 수면 위로 올라오고 있다.

거리에는 온통 새까맣게 탄 마음들이 챙모자로 가리고 손가락 걸고 있다.

당신은 참으로 내게, 여름같이 오고 있다.

피할 수 없는 마음으로.

어찌 당신의 마음을 피하겠는가, 이리 좋은데요.

다방에서 기다리마

건물의 세로 모양 간판에는 분명 1층에 보기 좋게 간판이 걸려 있었지만, 다방으로 가는 길은 언제나 지하 아니면 2층이었다. 내 옛 기억으로 그야말로 다방은 기다란 층계를 내려가야 다방다운 다방이라고 느껴지는 찻집이었으니, 오늘날의 많은 기다림의 장소와 다방은 실제 목적의 차이가 크지 않나 생각해본다.

마치 그 지역의 유지들과 라이온스 클럽의 목마름을 축여주는 마음의 휴식처인 것처럼 다방은 마담의 미모나 마담의 차림새는 한 번 왔다 가면 또 와서 차를 마셔야 할 것 같은 마음 저 바닥, 호수의 돌 던지는 소리처럼 헤어나오지 못하는 중독이 되는 것이다.

중절모를 쓴 그 할아버지에게도, 담배를 잘 피는 그 아저씨에게도 은근슬쩍 앉자마자 재떨이를 대령하는가 하면, 못생기지는 않은 새로 본 젊은이라도 나타나면 “이름이 뭐시더라”하면서 마담은 치마의 꼬리를 한 번 더 허리춤으로 뒤덮으면서 살그머니 알은체를 한다. 그렇게 알은체를 하는 사이에도 눈꼬리는 주변 손님들의 찻잔의 움직임을 놓치지 않고 들여다보고 있어서 차를 홀짝 다 마신 손님이라도 있으면 “얘 저기 손님, 엽차라도 한 잔 더 갖다 드리고, 아니면 꿀차나 칡차 드시겠냐고 물어봐라”하고 스윽 말을 흘린다.

그 말을 들은 저쪽 손님이 마담의 손에 쟁반 담은 찻잔이 오지 않자 못마땅한 기색을 보이면 얼른 그 옆으로 가서 차를 나르는 아가씨의 차를 받아 왼손 오른손 받쳐 찻잔을 놓고 살짝 웃음을 머금는다. 말 대신에 “자주 오셔”하는 눈짓 신호를 보내며 손님의 태도가 금방이라도 화색이 돌면 “자주 오시면 내가 보고 싶어 해주지”하며 그제야 마음의 말을 애교 조금 섞어 말한다.

어디 그 손님에게만 차 대접을 할 순 없을 정도로 출근 도장을 찍듯이 매일 오는 저 노인네는 쌍화차 손님이다. 지금이야 집에서도 티백으로 된 쌍화차를 큼직한 찻잔에 마시면 그만이지만, 그 옛날은 왜 그리도 다방이 아니면 그 맛을 볼 수 없었는지. 차도 귀한 시절 다방만의 호사인지, 마담의 꽃방석 차대접인지 돈 주고 먹는 찻값이 아까운 줄 전혀 모르더이다.

쌍화차에 우리 할아버지는 어떤 고명을 얹어 드셨는지 오독 오드득 씹히는 잣과 대추를 넣어 드셨는지, 노른자를 동동 띄워 넣어 드셨는지 아니면 마담의 말동무가 그리워 오셨는지 할아버지의 마음속에 들어가지 않으면 누가 알리오마는…….

유난히 예뻐 마담이 되었는지, 상냥함이 그녀를 마담으로 이끌었는지 그 옛날의 찻집 마담은 진정한 마담이 지닌, 정확한 마담이 되어 그 다방의 고운 주인의 역할을 해냈다. 누가 퇴폐한 마담을 함부로 떠올릴 것이며 누가 허접한 술집의 마담을 갖다 대겠는가? 다방의 마담은 적당히 도를 갖추고, 머리를 고데기로 단장하여 한쪽 눈 위로 길게 내려오게 비록 끼를 부렸을지언정, 남정네들이 마음을 주었을지는 몰라도 마담은 마담 주인장 역할을 보란듯이 제대로 해낸다. 손님 시중을 잘 못 드는 직원을 어찌 잘도 거드는지 '이쁜 것들이 일도 잘해'

감탄하며 입을 헤벌레 벌려 쳐다보게 할 정도이다.

지하를 한참이나 내려가서 처음에는 낯설었으나 점점 그 분위기에 물들어 차를 두 잔이나 마셨다. 난롯가의 무쇠주전자가 뿜어내는 물연기에 같이 온기가 전해지는 내 어린 시절의 다방이 그랬다.

DJ가 틀어주는 덕진 낭말몰이로, 그 시절 포크송 등을 들을 수 있는, 마담 대신에 노래가 있던 또 다른 기다림의 장소인 색다른 다방이 생겨나면서 찻집들은 식사와 차 그리고 술도 함께 먹을 수 있는, 기다리고 데이트하고 죽치고 앉아 밤새는 장소로 그 시절 청춘을 모여들게 하였다.

티본스테이크를 시키면서 큰 접시에 담긴 샐러드, 아이스크림처럼 뭉쳐놓은 감자퓌레, 그리고 T자 뼈 모양 부위의 스테이크를 시키면서, 최고 연인들의 데이트 흉내를 내며 모임이 시작되었다. 달팽이 요리를 먹을 때 그 달팽이가 다른 사람의 접시로 날아가는 실수와 코믹함처럼, 티본스테이크는 어떻게 칼질을 하는가 하며 곁눈질도 하고, 양식의 식사예절에 몸소 실습까지 하며, 식사를 다하면 포크와 나이프를 가지런히 놓고 식사중이면 포크와 나이프를 양쪽으로 따로 놓아 식사 예절을 지키며, 양식 처음 먹어본 사람이 아닌 것처럼 미리 외워두기까지 하던 데이트의 정석도 은근슬쩍 예측하기도 했다.

그날들의 흑백 시간이 DJ의 신청 음악과 라이브 무대로 우리를 이끌며 낭만의 시대로 접어들게 했다. 우쭐한 낭만이었다. 낭만은 다 어디로 갔는가.

만나고 싶은 사람을, 만나야 할 사람을 기다리기 위해 한없이 앉아 있어도 되는 그 자리에 따끈한 차를 시키고 아름다운 노래를 신청하는 것은 어쩌면 기다림의 미학을 위한 고마운 매개체인지도 모른다. 단팥빵과 소보로빵을 먹으러 가는 것이 아니고 보고 싶은 당신을 기다리기 위해 연인들은 강남의 뉴욕제과를 명소로 만들 정도로 지쳐 기다리고 애달파 기다리고 손마디를 타닥 살짝 건드리며 오는가 오고 있는가 하며 다방, 라이브찻집, 빵집을 배회했다.

기다린다고 다 오는 것이 아니라지만, 기다릴 수 있고 기다리는 동안은 얼마나 재미있고 '나를 멋진 사람이 되고 싶게 하는 삶'으로 이끌었단 말인가. 대상을 향한 내 삶의 변화를 꿈꾸던 기다림의 순간.

"안 올 거야, 안 올지도 몰라." 이전에 기다림이 주는 그 기회의 시간들은 오늘도 내일도 그제도 내게 머물며 많은 시간이 그렇게 지나가리라.

나는 기다리는 것 못한다. 그런데도 시간을 버티며 기다려왔다. 서둘지 않고 기다렸고, 어쩔 수 없이 기다리기도 했다. 그러면 정말 기다림처럼 기다림대로 왔다.

멋진 장소라고 하며 문학인들이 드나든다는 동숭동의 학림다방의 2층을 올라가며, 오늘은 '내가 읽던 그 글을 쓰신 분이 오시기나 했을까' 하며 책을 읽고 있는 그분이 누구를 기다리나 봐야지 하고 혼자 차를 시키며 앉아 있기도 했고, 독수리다방에서 대학생들이 시대의 정치를 논하기도 하고 청춘의 희망을 들쑤시며 모이기도 했다. 데모하는 학생들을 창가로 쳐다보며 어수선한 시절을 보내기도 했다. 모두가 지나간 시대의 흔적이고 지나간 기다림의 시간들이다.

1층 넓은 창가에 앉아 페이스북을 하고 있는, 혼자 앉아 있는 게 거북하지 않은 테라스가 넓은 커피숍과 푸른색 루버셔터식 문을 열면 연인들이 달콤하게 연애하는 색다른 바게트집이나 모두가 여전히 기다림의 연속이다.

당신이 기다리고 있다는 것을 알고 있으면서도, 당연히 알았으면서도 그 기다림에 답을 하지 않는 당신의 연인이여. 오늘은 거기에서 기다리고 싶지 않은가. 그 마음에 답해주길 바라는 속마음을 먼저 읽는 그 옛날의 다방에서 "내가 너를 기다리고 있는 마음은 오로지 당신이길 바라는 그 마음 가득해."

"다방에서 기다리마."

그 소리에 익숙한, 이제는 엄마 아빠가 된 우리를 새로운 커피전문점이 초록색 표정으로 문을 열고 있다. 지금은.

천장에 창 뚫어

휘슬 한번 휘익 하고 불다가 다시 “더 크게” 하고 휘이익 하고 입술을 공기를 몰아 숨도 잠재우며 오그라진 입술의 강약을 재면서 둥기둥기 감정을 주체할 만큼만 남겨두고 삐리릭 울려댄다.

그것으로 충족된 이 ‘사소한 기쁨’을 감당할 수 없어 몸까지 투입한다.

“어쩌면 좋아, 너무 좋아서” 하다가 옆구리 밑의 엉덩이를 툭 치고 두 손을 오른쪽으로 모아 한번 흔들어 주고 왼쪽으로 모아 흔들어 주다가 크게 소리친다.

“빙고.”

손바닥 비벼 온도가 올라오면 후끈 여름날의 습기까지 번져 더 미끄러워지고, 목덜미까지 흐트러진 머리카락 머리끈으로 질끈 잡아매고는 양손을 손바닥 펼쳐 공중 향해 벌려 마치 향초라도 올려놓은 자세로 조심조심 마음의 축배를 올린다. 손바닥 위에 촛불이 켜진 것도 아닌데 양초가 활활 타고 있는 것처럼 균형 맞춰 높게 낮게 기우뚱하게 움직이다가, 이번에는 으쓱대듯 어깨를 흔들어댄다.

"대충 넘어서지 마."

뭉툭한 엄지발가락부터 힘주어 다리 올렸다가 어느 만큼 나는 유연한가 실험이나 해보듯 내뻗은 손까지 너끈하게 올라가는 내 다리 향해 "이제부터 엄지발가락만 매니큐어 칠하지 말고 전부 다 발라" 하며 소리치고 번갈아 올렸던 다리 꼬고 낙타 자세로 허리 젖혀 뒤로 구부린다.

구부러지기도 하고 휘어지기도 하고 아슬하게 중단도 했던 많은 감정들이 한여름의 찌는 소망보다 더한, 더는 서러울 일도 없이 웃을 일만 남을 것 같은 '행복'으로 마음 다그치며 받아들인다.

마음으로 허심탄회하게 받아들이고 표현은 지나치게 열정

적으로 나 혼자만의 셀리브레이션을 하는 숨겨둔 발광체가 기쁨을 표출한다.

"다 해보는 거야."

일생을 좌우할 만큼 완전한 기쁨이 내 앞에 펼쳐진 것인가 할 정도로 나는 지금 흥분해 있는 것이다.

그것은 '은닉한 세 가지 기쁨들' 앞에 있었다. 사소하지만.

하나, 저녁을 같이 먹자는 제안

둘, "뽑히셨습니다" 하는 전화

셋, "선물 상자를 열어보세요."

이런 세 가지 상황들이 나를 "맘껏 기뻐하십시오. 시간 더 드릴게요" 할 정도로 흥분을 감추지 못하고 있는 날들을 기억한다. 웃을 때 웃어야지 언제까지 축 처져 당신 주위까지 침울하게 만들 것인가. 자, 목을 흔들어 얼굴부터 허리까지 하늘하늘 과도하게 근육 풀었던 다리 대신에 목청 높여 "오호, 내 사정을 읽으시고 하사하셨나이다" 하면서 절하라.

"늦은 감이 있을 정도야, 기다렸잖아."

허구한 날 기다린 것들을 결국에 갖게 되는 대단한 획득을 위한 신호탄이라고 여긴 일이었다. 환상이 환상으로 끝나지 않고 현실이 되어 온다. 이럴 때 당신이 외칠 인생의 환호성 정도는 준비해 뒀는가. 미리 하나쯤 준비하라. 나처럼.

1. 높은 빌딩에서 일하다 보면 꼭 마음으로 들어와 앉는 내 눈에 근사해 보이는 남자가 있다. 자주 복도에서 혹은 1층 라운지에서 만나면 눈인사를 주고받았던 그 남자는 소위 '절대 매너'라는 타이틀을 가질 만큼 차갑고 냉철하고 나와 무관하지만 나와 무관하지 않은 사람으로 대하고 싶었던 사람.

어색하나 대뜸, 그가 나에게 눈인사를 하며 먼저 말 걸어와서는 한정된 공간인 엘리베이터에서 우연히 그런 소리를 하는 것이다.

"저녁 한 번 같이 먹어요. 전화해도 되죠." 당황하지 않고 얼른 "네"하며 엘리베이터 문이 열리기 전에 대답을 하고는 어쩔 줄 몰라 했던 날들을 생각한다. 점심도 아니고 '저녁을 같이 먹자는 제안은 뭘 의미하지' 하면서 아니 언제 내 전화번호는 알아냈는지 그날부터 날들은 저녁 먹을 준비 태세로 들어간다.

다른 남자가 칼국수를 사주면, 내 식성을 어찌 알았는지 고맙다며 기꺼이 감사히 먹었을 텐데, 이 남자가 육수 걸걸한 음식을 사주면 진땀 흘리며 국물 속에서 국수를 건지고 있을지도 모른다.

그 남자와는 쇼콜라빛 스테이크를 약간 큼직하게 썰어 입으로 가져가는 포크의 낱낱 스텐이 담금질 하듯 고기는 녹진하게 먹는다. 야채는 다 남겼던 접시의 아보카도를 먹으면서도 '부드러움의 진상' 하면서 두 눈으로 먹었는지 턱 근육이 얌전이란 얌전은 다 떤다.

집으로 데려다 주는 차에서 내려 손에 걸던 카디건을 어깨에 걸치며, "즐거웠습니다" 하고 여전히 건조한 인사를 하면 "또 연락해도 되죠?" 하는 남자의 애프터에 입술 벌리지 않고 고개로 까딱하며 당연한 마음 비친다.

방으로 들어오자마자 걸쳤던 옷 다 내던지고 침대에 드러누워 두 발 올려 흔들며, 더 강한 축배는 없는가 하며 천장을 쳐다본다. 이런 날에는 천장이 뚫리도록 '천장에 창'이라도 만들었으면 하고 하늘에게 웃어준다. 천장에 창 뚫어, 빨리.

2. 가능성 몇 퍼센트인지는 모르겠으나 가능성이 있기도 하고 가능성이 없기도 한 그 도대체 미리 가늠할 수 없는 대회의 심사의 결과로부터 "뽑히셨습니다"의 전화는 날개만 못 달았지 꼬인 줄 절로 풀리리라.

끝도 없을 것 같은 외줄타기의 보이지 않는 '성과의 벽'은 미래를 예견한 한 획처럼 자신이 있기도 하다가 자신이 없기도 한 결과가 말해주는 확답이다. 이기는 자 앞에서 무슨 말을 할 수 있겠는가. "아니꼬우면 출세하라"는 말이 있듯이 도전보다 더한 기대로 "뽑히셨습니다"의 결과는 승리의 여신이 드디어 내 편이 되어 휘잉 하늘로 한번 공중 점프하면서 세리머니 날린다.

3. 룰렛 돌립니다! 아니 다시 돌릴 테니 화살 던지시면 되는데, "꽝은 없으니 염려마세요" 하는 룰렛 진행자의 약삭빠른 안도의 말을 들으며, 혹시 모두 2등과 3등만 되는 경품이 아닐까 하며 던지는 룰렛의 화살은 '정말 1등 당첨도 있었네' 하는 일등 경품 앞에 꽂힌다. 상품 이름 한번 크게 외치고 만세 들어 당첨 기념사진 찍는 수순을 밟는다.

"웬 떡이야!" 떡보다 더 좋은 대단한 경품 앞에 이미테이션 전자제품과 함께 환한 웃음으로 Boxing Day에서 쏟아지는 기프트 상자를 열 때의 희열처럼 놀라 자빠질 지경이다.

살아가는 동안 어쩌면 나는 가능하면 진정성을 원했지, 빠르게 도취되는 순간의 우연성을 바라는 기회주의자는 아니었다. 하지만 한여름의 열기가 인공지능의 똑똑한 발달로 시원하게 식혀줄 수 있는 것처럼 가끔은 우리의 삶에도 비슷한 일들이 생기면 좋겠다는 상상을 해본다.

"믿을 수 있는 거지, 믿어도 되는 거지, 믿어버리는 거야" 하면서 사소한 행운들이 내게 오면 나도 모르게 양손으로 빠이빠이 하면서 두 손을, 한 손 더 높이 돌려 흔들고 입술로 "오호라" 하는 감탄사를 던진다.

어쩌면 많은 공연장에서 박수를 세게 치고, 일어나 춤도 추는, 달려가 기대했던 것들에 대해 소리치는 것은 점잖은 당신도 마음에서는 하고 있었을지도 모르는 속내의 표현이다.

"천장에 창 뚫어."

하늘이 보이면 세상이 다 보이는가 한다.

그 여름의 끝, 산책하며 걸었다

배롱나무의 꽃잎에 반하더니, 머리를 들어 쳐다보고 고개를 내려 바라보고 다시 한 번 꽃 색깔에 흠씬 주변까지 좋아지는 마음 움직인다. 그 꽃나무가 한여름에 피는 배롱나무더라.

어릴 적에는 패랭이꽃에 반하여 한참을 무릎을 감싸고 앉아 자잘한 패랭이꽃이 빼꼼히 내민 짙은 분홍 잎이 예뻐 들여다본 기억이 있다. 내 기억 속 그 꽃을 만났을 때처럼 아름답게 느껴진 꽃, 이제 어른이 되어 그 꽃나무에 마음 움직이니 자연에게도 이리 마음을 줄 수 있는가 한다.

한참을 꽃에는 관심이 없었다. 사람에게 줄 수 없던 정을 자연에게는 줄 수 있으니 또 다른 심정이다. 사람에게 준 정이야 다시 돌려받고 싶은 사랑의 마지막 대가를 기대하겠으나 자연에게 주는 애정은 바로 답이 와서 눈이 즐겁고 마음이 온화해지고 살짝이 그저 앉아 있고 싶을 정도로 안온해진다. 내가 살포시 웃더라.

이토록 짙은 빛깔은 한여름이 내놓은 태양의 반란 때문인가. 어찌 이리 위대하게 당당하게 저 나무 위에서 여름 꽃의 위력을 발휘한단 말인가.

여름날의 사랑처럼 축 처지지도 않고 그저 선량하기 그지없는 탱글한 분홍 꽃에 나는 한여름처럼 젊어지며 그대를 부르고 싶어졌다. 저 꽃나무를 보면서 언제나 님께서 소식 주시기를 기다리기 전에, 내가 먼저 님을 부르고 싶어지는 외따로 한 그루만 피어 있어도 그 꽃에 정원이 되는 배롱나무에 나는 어느새 한여름날의 축제를 부르고 있다.

나는 사랑이 내게도 오리라는 기대를 하지 않고 있었는지도 모르겠다. 나는 사랑이 다시 내게로 올지도 모른다는 기대를 다시 하고 싶어졌다.

'배롱꽃에 흔들리다니 당신 마음도 움직여 내게로 오고 있는가.'

그렇게 사랑은 애잔한 마음부터 움직이게 하는가 하며 꽃나무에 다가갔다. 다가가면 만날 수 있고, 만나야 그대 소식을 알 수 있는데 나는 기다리기만 하고 있었나 한다. 온몸을 타고 내리는 뭔지 이 모를 마음은 민첩하게 일어선다.

실내에서 맨질한 비닐에 포장되고 있는 물에 푹 담가져 샤워하고 있는 장미는 여전히 싱싱한 자태로 누군가의 선물이 되어 뽐내고 있다. 불빛이란 불빛은 다 받고 잎사귀 씻겨내며 주인공의 선물이 되기 위해 더는 아름다울 수 없는 모습으로 선물바구니가 되어 가고 있는 장미다. 길가에서 또 다른 친구 장미가 옅은 꽃잎을 띄며, 어느새 꽃잎의 가장자리만 누렇게 변하는 것에 아랑곳하지 않고 짙어지는 붉은 장미. 흔들리는 가운데도 여름의 끝자락에서 가시보다 독하게 버티며 끝까지 아름다움을 자랑하는 축하의 꽃, 장미였다.

여울지게 부는 작은 바람에도 흔들리는 강아지풀 앞에서 화단의 장미는 덥다는 소리 한 번 안 할 태세로 여름날을 끈덕지게 버티고 있다. 강아지풀은 기다란 날카로운 잎조차 변색되지 않고 들녘의 햇볕에게 "좋은 나날이야" 하며 하늘거리고 있다.

아! 끝여름이구나. 모기의 입이 삐뚤어진다는 처서가 오는 소리 들린다. 너무 더워서 여름을 빨리 보내고 싶었는데 간다고 하니 서운하기도 했다.

삶이 그렇더라, 보내기엔 서운한 것이 미련스러울 만큼 안타까운 것이 삶이더라. 대수로울 것이 뭐 있더냐. 한껏 담대한 자세로 생각한다. 산책을 하리라, 또렷이 산책하러 나서야겠다. 그 여름은 고요하게 지나가고 있다.

잔잔하게 생활하고 싶은 내 마음처럼 그 여름은 열대야와 폭염으로 뜨거워 살이 탈 지경으로 문을 밀어도 문을 열어도 한여름의 열기에 숨을 훅훅 쉬고 있다.

브라질 리우 올림픽의 삼바 춤추는 소리도 울려 퍼지고, 꽹과리 칭얼대도 사상 최초의 자랑스러운 골프왕의 금메달처럼 이기면 기뻐지고, 지면 슬퍼지는 이 진리 앞에 승자의 모습을 닮은 여름을 조용히 보낼 준비를 한다.

승자가 아니 되었다고 월계관 향해 울부짖는 소리 듣기 싫으니 당신은 단연코, 성취하시라. 나는 내가 좋아하는 그대에게 그런 소리만 듣고 싶다.

혹시 그대가 야위어가며 늙기 싫었다고 앓는 소리하면

태양빛이 가장 진하게 쏟아지는 곳에 그대를 앉혀 볼까 한다.

그깟 못 견딜 것 무엇이 있는가. 여름은 다시 오고 뜨겁던 햇볕은 좋아하는 사람을 찾아 계절갈이를 할 새로운 준비를 하고 있는데……!

마음 허전하지 마시라, 좋다가 살다가 혹여 힘들더라도. 한 여름 동안 우리는 서로를 위해 얼마나 사무쳤는가. 그 마음이면 되리라.

손바닥 펼치면,
그대 마음 볼 수 있을까.
내 마음인들 그대에게 보이랴.

사람들은 벗지만 않았을 뿐이지 던져버리고 싶은 것은 다 벗어던지고 싶을 정도로 더위에 온몸을 가장 가뿐하게 간단한 차림새로 걸어 다녔다.

가벼운 옷차림이 가벼운 생각을 가져올 수 있는 거라면, 에어컨 바람에 노이로제 걸릴 정도로 창문은 애타도록 뜨거워지고 있는데 기계 바람은 쌩쌩 돌아가며 여름의 열병을 식혀

주고 있었다. 땅까지 뜨거워 푹신거리고 있다. 그래도 여름이 좋더라. 그래도 여름은 살고 있다는 것이 느껴지더라.

아주 별스러운 것으로 무턱대고 별안간 싫어진다면 그게 어찌 사랑인가 하는 생각을 산책하며 문득 했다.

'한 번 좋아한 것은 영원히 좋더라.'

그 진리 같지 않은 내 마음의 진리 앞에서 변하고 바뀌는 것이 얼마나 허무한 것인가 하는 생각을 하기 시작했다.

사람 마음이 어찌 변하지 않겠나, 더 좋은 것을 보면 그 것에 마음이 가고, 자꾸 생각이 나고 하는 것들이 이상스러울 것은 없지만 그래도 오래 간직한 것들을 저버릴 수 없는 귀한 그 마음은 사람에게만은 극진히 간직해야 할 것이라고 천만번 다짐을 해두고 당신 마음에도 그러라고 곧은 줄기 심는다.

더 좋아지는 마음으로 바뀌면, 다른 것이 새로운 것이 더 좋아진다면 그것은 사람이 아니라 다른 것일 거야. 말하자면 그것은 마음이 아니라 말하자면 사심이라는 것이라 할 수 있지.

그러니 살다가 간직했던 친구나 사랑하는 사람에게 아주 잠시 달라진 마음이 생겼다면 이런 생각을 하면 어떨까.

그 사람은 그 친구는 오래도록 곁에 있어야 할 사랑이라고. 사랑은 변하더라도 다시 간직되더라고. 믿을 수 있으면 좋겠는데. 어쩌지, 만약 그게 아니면 사랑이 믿을 수 없어지면…… 절대로 아니라고 말해줘요. 이제, 가졌던 사람을 영원히 간직하겠다고.

걷다가 지치면 쉬었다가 가면 되는 것처럼, 사람에게 변한 마음이 생기기 시작했다면, 그 사람이 마음 다치지 않게 바로 그 마음 드러내지 말고 조금 시간을 가지면 어떨까. 내가 믿은 마음, 다시 오길 바라면서.

그 생각 동안 웃었던 기억, 고마웠던 기억, 간절했던 마음, 애써주었던 마음, 그리고 좋아서 어쩔 줄 몰랐던 상황들 때문에 다시 연민이 애정으로 돌아오는 내 사람에 대한 사랑으로. 그렇게 이 여름은 다시 돌아올 거야.

계절은 다시 여름이 지나고 또 여름으로 오는 것처럼 친구도, 사랑하는 사람도 내게는 늘 곁에 있어야 마음이 안심되거든.

우리는 스쳐가는 마음으로도 아주 스미듯 서로의 마음 안으려 한다.

걷고 걸으니, 여름날 사연들이 바람을 잠시 보내주기도 한다.

잠깐 그 여름바람에 화들짝 놀란 가슴처럼 모든 것이 반짝이는 계절이 하루 이틀 가고, 창문을 열면 좋은 기분이라도 엿보듯 커튼을 매만지리라.

그렇게 삶은 조용히 지나간다. 지킬 것도 지켜야 할 것도 지키고 싶었던 것들도, 모든 것은 순리대로 내가 하는 것이 아니고 섭리처럼 시간이 해결해 주는 것이다.

여름 때문에 지쳐가던 것이 다시 생기를 되살리며 풀들이 나무들이 살아 움직이며, 흐르는 강변에 쉼터 만들어 주던 물줄기 더 세어진다. 소스라치게 차가웠던 냉수가 내 몸을 촉촉하게 적셔서 마음자락까지 가지런하게 식혀준다. 열기도 가리라. 한때라고 하지 않던가.

그 한때가 우리에게 지금 길게 느껴져 다시 차가운 물로 쭉 끼얹고는 온 세포가 절로 만족스러워지는, 되돌아가도 좋을 한여름으로 남는다.

나는 내 사람,

나의 사람이 여름 같은 사람이었으면 했다.

그래서 때로는 그 대범함에 내가 편안해지고,

사사로운 것을 다스리는 힘에 내가 웃기도 하고

여름처럼 꿋꿋하게 내리쬐듯 쨍쨍한 가운데도

숨겨진 은근함이 있어 나까지

으쓱하게 하는 사람이길 바라고 있었다.

우연히 한 사람 그런 당신을 가져,

내가 당신 닮은 사람이 되어가며 손잡고 걷는

그 여름날의 산책길을 나는 가끔 생각하기도 했다.

그가 좋아하는 내 모습은,

그가 좋아하는 내 모습은 어떤 것일까.

물에 표정 비추어 본다.

먼저 걸어온 내가,

보조 맞추려 지금 여기서 물빛에 웃어주고 있다.

우리들의 산책은 계속 계절마다 손잡고 있으리라.

에필로그

봄여름 에세이 **그리우면 찾겠지**

가을 겨울 에세이 〈당신이 멋지신 오후〉를 쓰고 있는 날들에, 시놉시스를 마친 TV 대본을 써야 한다는 생각을 하기도 했다. 나도 모르게 나는 습관처럼 산문을 아낀다는 것을 느꼈다.

〈사랑 그 하나를 살피며〉를 쓰려 했으나 〈그 여자의 마음 모습〉을 쓰고 있었다. 그 안에서 인간의 생각에 대한, 담고 있는 사랑과 장소에 대한, 그리고 마음에 대한 그리움이 드러나고 있다.

솔트레이크시티에서 만난 친절, 언젠가 찾아뵙겠다고 “아마도” 하고 말하자, “Maybe” 하며 그리듯 빤히 보며 악수하던 날도 그립다. 고요와 흥미진진이 함께 하는 도시를 걸으며 ‘삶의 기쁨’에 대해 쓰고 싶다.

오랫동안 갖고 있으면 내 것이 되나 보다.
마음과 달랐던 지나간 시간에도
나는 계속 햇빛을 믿기도 했다.

2019, 봄 그리고 여름

한은미

그리우면 찾겠지

1판 1쇄 2019년 6월 15일
지은이 한은미
펴낸이 은보람
펴낸곳 도서출판 좋은날
출판등록 2013년 10월 7일 제2013-000070호
주소 우)04336 서울시 용산구 두텁바위로 101-1(후암동)
전화 02-752-1895 | **팩스** 02-752-1896
이메일 gooddaybook@daum.net
찍은곳 한빛인쇄
ISBN 978-89-86894-62-2 [03810]

이 도서의 국립중앙도서관 출판예정도서목록(CIP)은 서지정보유통지원시스템 홈페이지(http://seoji.nl.go.kr)와 국가자료종합목록 구축시스템(http://kolis-net.nl.go.kr)에서 이용하실 수 있습니다. (CIP제어번호 : CIP2019021148)